I0561539

LYRE
D'AQUITAINE

PAR

FERDINAND CHIMÈNES.

La poésie, hélas! n'est rien par elle-même,
Tant que d'un cœur touché de la grâce suprême,
Elle n'éveille point le sympathique amour :
C'est Galathée ouvrant ses yeux de marbre au jour...
Pour qu'elle vive, il faut qu'on l'aime !

É. Deschamps.

BORDEAUX,

IMPRIMERIE DE J. DUPUY ET Cᵉ, RUE MARGAUX, 11.

1853

LYRE

D'AQUITAINE

PAR

FERDINAND CHIMÈNES.

La poésie, hélas ! n'est rien par elle-même,
Tant que d'un cœur touché de la grâce suprême,
Elle n'éveille point le sympathique amour :
C'est Galathée ouvrant ses yeux de marbre au jour...
Pour qu'elle vive, il faut qn'on l'aime !

É. Deschamps.

BORDEAUX,

IMPRIMERIE DE JUSTIN DUPUY ET COMP.,

Rue Margaux, 11.

—

1853

PRÉFACE.

Le nouveau volume de poésies que nous annon-
çons est la production d'un esprit sérieux et délicat,
qui, à de trop rares et trop courts intervalles, se dé-
lasse, dans le commerce des Muses, des occupations
habituelles de l'autre commerce. Il ne faudrait pas
voir en lui pourtant rien que cette double spécialité
des affaires et de la poésie. Malgré le milieu social où
il est né et où il s'est produit, malgré les conditions
diverses de son existence et de son éducation, qui lui
ont fait du négoce une nécessité positive, il n'en a pas
moins toujours nourri une généreuse et sainte cu-
riosité, une immense aspiration à embrasser les dif-
férents rameaux de l'arbre de la science, à s'assimiler
la synthèse lumineuse de la connaissance humaine.

La critique impuissante et revêche va répétant
partout, mais en vain, qu'il est inutile, voire même
coupable, de la part de la jeunesse, de procréer, n'im-

porte dans quel sens, attendu que c'est là seulement le rôle et le privilége de l'âge mûr. Tout en lui laissant débiter ces belles assertions, aussi bien fondées en droit qu'en fait, la jeunesse suit les impulsions de son génie aventureux, et, la lyre à la main, s'élance, dans les champs ouverts de l'avenir, à la conquête du bien, du beau, du vrai.

Ceci dit en passant pour caractériser l'œuvre générale de la jeunesse, mêlée de bien et de mal, de bon goût et de trivialité, selon les hasards et les caprices de l'inspiration. Ceci nous ramène au volume qui est en ce moment l'objet de notre examen, et qui fait le sujet de cet article.

Comme tous ceux qui, au printemps de la vie, veulent voler de leurs propres ailes, et qui, ayant encore peu vu, et par conséquent peu retenu, ne possèdent pas le bagage utile de l'expérience, M. F. Chîmènes, doué de toutes les qualités essentielles qui constituent le poète, la grâce, la verve et le coloris, n'a, pour ses chants inspirés, qu'un instrument incomplet, un luth sauvage et rude.

Son style, dans la haute acception de ce mot, n'a pas de forme littéraire appréciable; nous faisons des vœux pour que l'auteur y songe enfin. A la passion qui lui permet de rencontrer souvent de brillants, d'heureux effets, il joindra, grâce à l'étude, la puissance synthétique de couler d'un seul jet son œuvre dans le moule de sa pensée, de la marquer enfin au sceau suprême de la langue.

Le Recueil de M. F. Chimènes se compose de ses poésies originales, de celles dont il a trouvé et l'idée et le vêtement, de ses vraies filles par l'âme et par le sang, et aussi de ses imitations des poésies étrangères, de ses filles adoptives, qu'il a revêtues avec amour d'un habit français, coupé et confectionné de sa propre main, lesquelles ne lui sont pas moins chères, par l'effet d'une longue fréquentation.

Jetons un coup d'œil attentif sur les matières qui forment les deux parties de ce volume. Dans cette œuvre rapide de notre poète, commençons par les compositions qui lui appartiennent, par les romances qui ont jailli de son cœur, comme l'eau de la source, avant qu'il se fût appliqué à l'étude des poésies étrangères, et qu'il eût voulu saisir et fixer quelques traits caractéristiques de la physionomie des muses d'Angleterre, d'Allemagne et d'Italie.

Les romances de M. F. Chimènes ont, à la fois, les défauts et les qualités de cette sorte de poëme, où le librettiste, si je puis m'exprimer ainsi, est en sous-ordre, et chargé seulement de tracer au musicien son canevas. Le dessin en est rarement correct, parce qu'il attend humblement sa broderie d'une autre main, et semble seulement exiger une vive peinture des mouvements de l'âme, dans un rhythme fluide et sonore.

Voici comment Lamartine s'exprime à propos du genre lyrique, dans la préface des *Harmonies* :

« Je demande grâce pour les imperfections de style » dont les esprits délicats seront souvent blessés. Ce » que l'on sent fortement s'écrit vite. Il n'appartient » qu'au génie d'unir deux qualités qui s'excluent, la » correction et l'inspiration. »

Ces paroles peuvent servir en même temps d'excuse et de justification à M. Chimènes. A lui donc de s'abriter résolument sous l'autorité du génie réduit à faire amende honorable pour le genre, bien plus certes que pour sa manière à lui.

La poésie lyrique la plus vraie de toutes, la plus révélée, la plus intime, puisqu'elle est l'homme lui-même avec toutes ses phases de tristesse et de joie, de désespoir et d'espérance, de sécheresse et d'enthousiasme, de prière et d'aridité ; la poésie lyrique, disons-nous, dans sa plus pure, dans sa plus claire expression, doit se ressentir toujours du vague du sentiment, et se laisser deviner plutôt que comprendre.

Ce caractère d'incertitude poétique d'un idéal confus et voilé, nous semble s'attacher plus particulièrement aux romances de M. F. Chimènes qui ont l'amour pour objet. Nous le croyons plus heureusement inspiré dans celles où il peint simplement la tendresse, les craintes d'une mère pour son fils, telles que : VEILLEZ SUR LUI ; DORS, MON FILS ; COURAGE.

Nous trouvons néanmoins un grand charme à la pièce qui a pour titre L'OROBANCHE MAJEURE, et qui a trait à l'amour, envisagé dans ses affinités les plus profondes et les plus mystérieuses.

Un autre sujet, attrayant et original par sa tendance panthéiste, c'est la FOLLE DU SOLEIL. Nous nous voyons contraint, après un éloge sans restriction, d'adresser à l'auteur un blâme touchant la prosodie seulement : c'est à propos de L'AME DÉLAISSÉE, qui débute ainsi :

> Dormez sur ma lyre muette,
> Chants profanes et chants sacrés ;
> Qu'un voile noir couvre ma tête :
> Croissez pour moi, tristes cyprès.

Comment l'oreille ordinairement si poétique et si musicale de M. Chimènes, a-t-elle pu laisser passer une rime impossible, *sacrés* et *cyprès?*

La pièce incriminée offre d'ailleurs de l'intérêt.

REVIENS SOUVENT est un charmant tableau que le trait final rend encore plus touchant.

LE MONASTÈRE, CAPTIF ET PAPILLON, SI TU VEUX ÊTRE A MOI, et L'ÉCHO, qui ont paru avec musique, témoignent d'un progrès sensible et continu dans la manière poétique de M. F. Chimènes. La première en date de ces pièces, LE MONASTÈRE, est évidemment la plus faible, la plus *imparfaite*. L'ÉCHO, au contraire, se recommande non moins par la gravité du fond, que par l'élégante facilité de la forme.

L'ode intitulée LE MORALISTE pèche, selon nous, par un défaut grave, l'absence complète d'imagination poétique dans un genre qui en exige infiniment. En revanche, nous sommes amplement dédommagés par les pages qui suivent, et qui sont quatre fragments extraits d'*Une Voix de Prison*.

Sans vouloir méconnaître la portée supérieure de la magnifique prose de Lamennais, nous prétendons que cette étude d'après le tableau d'un maître, que cet hommage a son génie, ont porté bonheur au disciple, et lui ont en partie communiqué la puissance et la magie qui éclatent dans le modèle.

L'IDOLATRIE a laissé l'auteur au-dessous, trop au-dessous de son sujet : toutes les strophes, si ce n'est toutefois la dernière, se présentent également entachées d'incorrection et d'obscurité.

Nous voici arrivés à la deuxième partie du Recueil, c'est-à-dire aux imitations des poésies étrangères. D'abord s'offre Th. Moore. Dans ces deux imitations, nous remarquons surtout L'AMOUR DANS LA DOULEUR, L'ESPRIT ET LA RICHESSE, IL N'EST RIEN DE VRAI QUE LE CIEL, PLEURS POUR PLEURS. La facilité molle et abandonnée de ces mélodies mélancoliques nous semble reproduite, sans trop d'infériorité, par la version animée de M. Chimènes.

La grâce secrète et puissante des riches et suaves inspirations de ce luth monotone, respire encore dans les pièces suivantes du traducteur : LE PREMIER RÊVE, L'EXCUSE DU BARDE, LA JEUNE ARABE AU MASQUE NOIR.

LE GÉNIE DE L'HARMONIE, idée d'une étrange profondeur, où Th. Moore a déployé toutes les souplesses du rhythme le plus savant, toutes les nuances de la plus éblouissante palette, laisse, selon nous, beaucoup à désirer peut-être dans la version de son consciencieux, mais téméraire interprète. L'ÉPITRE A JONH ATKINSON est également dans le traducteur d'un dessin peu fondu, d'un style souvent incorrect et prosaïque.

Une pièce où M. Chimènes s'est en quelque sorte élevé à la hauteur du modèle, est celle intitulée : VERS ÉCRITS AU COHOS, OU CHUTES DE LA RIVIÈRE DES MOHAWKS. La phrase est vive, impétueuse; la peinture a toute la fraîcheur et aussi toute la grâce d'un beau naturel, ennobli encore par l'art. Cette dernière page clôt dignement l'imitation des poésies irlandaises. Il nous reste à parcourir la série des traductions ou imitations des poésies allemandes. Ces dernières se retrouvent presque toutes dans le beau et savant ouvrage de M. S. Albin, *Ballades et Chants populaires de l'Allemagne*, anciens et modernes.

Cette série s'ouvre par un chant gracieux et naïf,

Rosette sur la bruyère, de beaucoup antérieur à
la littérature classique de l'Allemagne. Puis viennent
l'Attente, de Schiller; Fleur d'hiver, lièdre an-
cien, frais et délicieux; la Vérité, symbole austère
et naïf de la philosophie du moyen âge. Ce symbole, sous la forme de l'apologue, a été rendu avec
force et clarté par M. Chimènes, malgré les difficul-
tés nombreuses que présentent des vers didactiques.
Le Chant de l'épée, par Théodore Kœrner, le Tyr-
tée de l'Allemagne de 1813, demande, nous le
croyons du moins, un rhythme vif et pressé, et s'ac-
commode mal de l'alexandrin, les rimes fussent-elles
alternées.

Vanitas, vanitatum, vanitas, est une œuvre de
Gœthe, ce grand poète lapidaire du Nord. Le traducteur aurait peut-être réussi, s'il n'avait interverti
très-arbitrairement le refrain Hohé.

La Promenade, épître par Schiller, est comme
une galerie de tableaux variés, tour-à-tour riants,
majestueux ou sublimes, objet de l'âme entière,
comme une flamboyante esquisse de la vivante nature
et de la marche progressive de l'humanité sur ce
théâtre. Nous ne dirons point que M. Chimènes a
donné de ce grand sujet une version satisfaisante;
mais il peut s'écrier avec Lafontaine :

> Si de vous agréer je n'emporte le prix,
> J'aurai du moins l'honneur de l'avoir entrepris.

La Fileuse, vieux lieder, malgré quelques détails qui s'éloignent légèrement du texte, fait honneur à la traduction. Le Moissonneur, autre vieux lieder, est dans le même cas. Le Brave Homme, ballade de Burger, malgré quelques incorrections, montre encore la conscience et le talent de M. Chimènes sous le meilleur jour. Rien de plus ardu à transporter dans une langue étrangère que les beautés fortes, imagées et philosophiques à la fois de cette ballade.

Le sonnet et les canzones de Pétrarque, sans ajouter à la valeur réelle de ce Recueil, laissent encore entrevoir l'idéalisme italien, mais ne sont que la sèche et incorrecte esquisse de cette âme si divinement tourmentée du poète florentin. L'imitation ne saurait faire un instant soupçonner le pur et splendide vêtement dont l'auteur décore sa pensée. Pour nous résumer, l'impression qu'on garde de cette lecture est plutôt avantageuse que défavorable à M. Chimènes.

Sa tentative, pour rendre accessibles à notre paresse et à notre ignorance des langues étrangères, les beautés réelles de ces mêmes langues, qui ne sauraient, comme il l'a fort bien pensé, s'éclipser entièrement sous la gaze plus ou moins épaisse d'une traduction, sa tentative lui conciliera l'estime et la sympathie des esprits sérieux, qui sentent et comprennent que le moment est venu pour les peuples de l'Europe d'une alliance intellectuelle, et qui ne connaissent pas de meilleur moyen d'atteindre ce grand, ce noble but, que le fraternel échange des chefs-d'œuvre de leurs littératures respectives.

N'était la modestie de M. Chimènes et sa raison droite et sûre, nous n'aurions pas osé porter sur son œuvre un jugement qui semblera souvent tranchant et sévère; mais la longue connaissance que nous avons de son caractère et de sa capacité, nous a laissé sans aucune crainte de le blesser par notre sincérité; nous sommes même persuadé qu'il nous en saura gré, et que, de plus en plus avide des suffrages et des lauriers d'un public d'élite, il nous donnera bientôt un nouveau livre, où la critique, exerçant son plus doux privilége, n'aura plus qu'à louer sans réserve, qu'à admirer des beautés vives et pures.

L. A.

LYRE

D'AQUITAINE.

ANGE CONSOLATEUR.

—

Ange consolateur au regard tendre et doux,
Quand le ciel obscurci me montre une tourmente,
En priant Dieu tout bas pour la fleur odorante,
Je pense à vous.

Si, dans les soirs d'été, parcourant la vallée,
De vos songes dorés vous animez la foi,
Ah! pour l'illusion près de vous étalée,
Pensez à moi!

Sous l'éclat d'une étoile et sa beauté suprême,
En la suivant des yeux si je tombe à genoux,
C'est que dans mon extase, où se peint l'amour même,
Je pense à vous !

Ah ! quand pour votre cœur aux chastes étincelles,
Vous cherchez un cœur pur qui s'unisse à sa loi,
Alors que le zéphyr vient caresser vos ailes,
Pensez à moi !

VEILLEZ SUR LUI.

Il est parti! Sur la vague écumante
On voit au loin la voile poindre encor;
Il est parti! Mon Dieu! point de tourmente
Que ton regard protège mon trésor!
Ah! quand avec fureur les flots battent la rive,
Que d'un horizon noir l'astre du jour a fui,
Ces mots vont s'exhalant de mon âme plaintive :
    Mon Dieu! veillez sur lui!

Un sort cruel qui de son poids m'oppresse,
Vint sans pitié l'exiler loin de moi.
J'appelle en vain mon fils avec tendresse;
L'abîme sourd augmente mon effroi.
Lorsque, abaissant son vol, l'hirondelle craintive
Rase le flot amer en cherchant un appui,
Ces mots vont s'exhalant de mon âme plaintive :
    Mon Dieu! veillez sur lui!

Je l'aimais tant! Pour moi c'était la vie!
Pourquoi, mon Dieu! faut-il m'en séparer?
Avec ferveur pour mon fils je te prie :
Vois de douleur ma raison s'égarer.
En croyant consoler ma flamme tendre et vive,
S'il m'arrive parfois d'écouter mon ennui,
Ces mots vont s'exhalant de mon âme plaintive :
Mon Dieu! veillez sur lui!

C'EST TOI.

———

Je ne veux ni trésor, ni sceptre, ni couronne;
A ta seule beauté mon âme s'abandonne.
Que m'importent le titre et les rubis d'un roi!
Depuis que mon regard a vu ton doux sourire,
Ce qui fait ici-bas mon unique délire,
   C'est toi!

Du printemps et des fleurs, que me font les délices!
La brise passe en vain le soir sur leurs calices :
Leurs parfums enivrants n'existent plus pour moi!
De la reine du ciel j'ai vu la blonde tête,
Et le rêve d'amour de mon âme inquiète,
   C'est toi!

Quand d'un divin concert s'élève l'harmonie,
Qu'importe à mon esprit le sublime génie?
Enfant aux yeux d'azur, en qui mon âme a foi,
Ma prière est ton nom et ta voix fraîche et pure.
Ce qu'il faut à mon cœur pour guérir sa blessure,
   C'est toi!

DORS, MON FILS.

Dors, mon fils, sous l'ombrage ;
L'air est pur, le ciel beau :
Ta mère, avec courage,
Veille sur ton berceau.
En paix clos ta paupière,
Sous mon baiser d'amour,
Toi, ma douce lumière,
Brillante fleur du jour !
Que Dieu, sur ton front d'ange,
Je l'invoque à genoux,
Répande sans mélange
Les songes les plus doux !

Pas un seul bruit dans l'ombre !
On voit sur le lac bleu
Des étoiles sans nombre
Briller de tout leur feu !
Dors sous mon chant fidèle ;
La nuit sur nos versants
Ne fut jamais plus belle,
Jamais n'eut plus d'encens.

Que Dieu, sur ton front d'ange,
Je l'invoque à genoux,
Répande sans mélange
Les songes les plus doux !

Dors, mon fils, dors tranquille,
Car rien n'est en émoi.
La nuit, dans notre asile,
Me trouve auprès de toi ;
En essaim qui rayonne,
Les sylphes gracieux
Viennent de leur couronne
Orner tes blonds cheveux !
Que Dieu, sur ton front d'ange,
Je l'invoque à genoux,
Répande sans mélange
Les songes les plus doux !

VOGUONS SANS BRUIT.

De son âme éprise,
Vois à notre entour
Le lac sous la brise
Palpiter d'amour !
Suivons la cadence
Des flots dans la nuit,
Voguons en silence,
Voguons sans bruit !

L'onde, du rivage
Caresse les bords ;
La terre, au nuage
Dit ses doux transports ;
Amour et constance
Se jurent la nuit.
Voguons en silence,
Voguons sans bruit !

L'étoile se glisse,
Pour sécher des pleurs,
Au sein du calice
De nos tendres fleurs !

Rayon d'espérance
Partout brille et luit.
Voguons en silence,
Voguons sans bruit!

L'ombre passagère
Charme les échos;
La brise est légère,
L'onde est en repos!
Point d'indifférence,
Le plaisir sourit.
Voguons en silence,
Voguons sans bruit!

Oh! de quelle plaine,
Céleste séjour,
Vient la tiède haleine
Qui parle d'amour?
Rêve d'innocence
Dans l'ombre nous suit.
Voguons en silence,
Voguons sans bruit!

Sous la rose, unie
A des jasmins blancs,
Viens où l'on oublie
Et maux et tourments!

1*

A vos accords tout palpite en silence,
Fils des buissons, sous le ciel bleu d'été;
La tendre fleur, dans l'air qui la balance,
Penche vers vous son regard velouté.
Ne fuyez pas de la branche légère :
Le soleil brille et la paix règne aux champs.
Ah ! pour chanter l'amour pur d'une mère,
Doux rossignols, prêtez-moi vos accents !

LE RÊVE DE MINUIT.

Au milieu de la nuit, quand les étoiles brillent,
Quand leurs rayons de feu sur notre front scintillent,
Je vais vers le séjour que nous aimions tous deux,
Et me plais à songer où brillait ton sourire,
Que tu reviens encor m'y revoir et me dire :
      Allons nous aimer dans les cieux !

Je chante alors ces chants d'autrefois, si sublimes,
Quand s'unissaient nos cœurs et nos pensers intimes;
Et si l'écho trompeur me répond en ces lieux,
Je crois que c'est ta voix, du céleste royaume,
Qui dit, en apportant à mon âme un doux baume :
      Allons nous aimer dans les cieux !

Mais dois-je bien y croire, ou bien n'est-ce qu'un songe?
Dans l'oubli de la terre où ce bonheur me plonge,
Il me semble te voir, ange au front radieux,
Et comme toi je dis, avec transport, délire,
En inscrivant ton nom au socle de ma lyre :
      Allons nous aimer dans les cieux !

LE MYOSOTIS DES PRÉS.

Cette fleur bleue épanouie,
Dans l'herbe toute réjouie,
Où se fixent nos yeux, amis,
Dont la douceur de loin attire,
Où je me penche avec délire,
   C'est le myosotis !

A ma voix ne sois point rebelle :
Toi que le ciel, petite fleur,
A faite si pure et si belle,
Dis-moi ce que cherche mon cœur !

De ma vie, ô sublime page !
Cette fleur sur qui mon visage
S'inclina ; que seul j'entendis
En inspiration suprême,
Et dont la réponse fut : Aime !
   C'est le myosotis !

A ma voix ne sois point rebelle :
Toi que le ciel, petite fleur,
A faite si pure et si belle,
Dis-moi ce que cherche mon cœur !

Plus de souffrance qui m'oppresse !
Son sourire, plein de tendresse,
Me dit d'aimer ! Je l'ai compris !
Tout ému, je l'écoute encore.
Cette fleur que ma voix implore,
    C'est le myosotis !

A ma voix ne sois point rebelle :
Toi que le ciel, petite fleur,
A faite si pure et si belle,
Dis—moi ce que cherche mon cœur !

COURAGE.

———

Tu vas quitter ton foyer, ta patrie,
Car une voix, hélas ! t'appelle au loin.
En t'éloignant d'une mère chérie,
De ta douleur je suis plus que témoin.
Ah ! caches-lui tes regrets et tes larmes,
Épargnes-lui des chagrins trop amers !
De ses baisers le souvenir, les charmes,
Adouciront tes maux au sein des mers !

Tu la verras dans l'écumeux sillage
Où l'on se plaît à rêver sur son sort ;
Tu la verras quand sur l'onde un mirage
A ton regard fera briller le port !
Quand le sommeil fermera ta paupière,
Tu la verras, dans les songes du soir,
A ton chevet se penchant en prière,
Bien doucement te dire : Bon espoir !

Tu la verras lorsque la nuit vermeille
S'épanchera sur toi, dans sa beauté ;
Quand dans son nid l'alcyon qui s'éveille
Viendra chanter d'amour à ton côté !
Tu la verras, en une belle étoile,
Longtemps te suivre en roulant dans les flots.
Courage donc en mettant à la voile,
Et sourions au chant des matelots !

DIEU LE VEUT.

Pour l'arracher du joug des hérétiques,
De l'Orient forcez tous les chemins.
Allons, Chrétiens, la ville aux saints portiques
Pleure et gémit sous d'insolites mains;
On ne voit plus briller sur les coupoles nues
La croix qu'un jour le ciel a ceint de blanches nues.
  Allons, Chrétien, soyons soldat!
  Dieu le veut, marchons au combat!

Abandonnez et palais et chaumières;
A votre ciel chacun dites adieu,
Et par milliers, sous les saintes bannières,
Enrôlez-vous pour servir votre Dieu.
Prenez la croix, marchez! Que devant vous tout cède,
Afin qu'à Mahomet le Rédempteur succède.
  Allons, Chrétien, soyons soldat!
  Dieu le veut, marchons au combat!

Livrée en proie, hélas! aux infidèles,

La ville sainte expire sous leurs coups.

A ses accents ne soyez point rebelles :

Allez, Chrétiens! exterminez-les tous!

L'orgueilleux Sarrazin l'outrage et la maîtrise.

Pour la vivifier, pour venger son Eglise,

Allons, Chrétien, soyons soldat!

Dieu le veut, marchons au combat!

LAURE EST SI BELLE.

Hâtons-nous, car le temps, avec l'heure s'avance :
La nuit autour de nous étend son noir manteau ;
Hâtons-nous, hâtons-nous, sans troubler le silence,
Qui vient se reposer sur les toits du hameau !
Bercé par les travaux et les soucis sans nombre,
Et tandis que chacun se confie au sommeil,
Hâtons-nous, ô bonheur ! vers Laure ainsi qu'une om-
     Dans la nuit fuyons sans éveil !   [bre ;

    De l'onde amère
    Brave les flots !
    Glisse légère
    Au sein des eaux !
    O ma nacelle !
    Blanche et si frêle ,
    Glisse toujours
    Vers mes amours !

Doux rayon, fleur d'azur, qui brille sur ma route,
Dans le sein de la nuit, Laure, mon ange aimé,
Tu m'attends, inquiète et rêveuse sans doute;
Mais la brise m'apporte un chant qui m'a nommé.
Je pars, je cours, je vole, ainsi qu'un trait rapide;
Je franchis la distance : en rien je suis à toi.
Près du manoir désert où croît le lierre humide,
　　Je reviens te jurer ma foi.

　　　　Cours vers la grève
　　　　Avec ardeur :
　　　　J'y vois le rêve
　　　　Cher à mon cœur.
　　　　Laure est si belle !
　　　　O ma nacelle !
　　　　Glisse toujours
　　　　Vers mes amours !

L'OROBANCHE MAJEURE. *

Vous savez bien l'orobanche majeure,
Avec ses fleurs si grandes, en épis,
Sa couleur d'or que le zéphyr effleure,
Et recherchant le genêt des taillis.
Je m'en souviens, c'était un beau dimanche :
Je crus rêver, elle parlait, ma foi !
Au genêt, tout haut disait l'orobanche :
    Je ne saurai vivre sans toi !

Vraiment surpris, je m'assis sous l'ombrage,
Bien doucement, et pour mieux écouter ;
Mais j'entendis de nouveau son langage :
Cette fois-ci je ne pus en douter !

---

* Cette fleur (l'orobanche) prend vie sur les racines même
du genêt. Rien ne saurait remplacer pour elle cet arbuste :
son union avec lui est indissoluble. Chose curieuse ! si on la
sépare, elle meurt, et si on sème des graines ailleurs, elles
ne germent pas : d'où il suit que l'on n'a jamais pu soumet-
tre à la culture cette belle plante !

D'étonnement ma joue en devint blanche ;
Je ne mens point, mes amis, croyez-moi,
Au genêt, tout haut disait l'orobanche :
    Je ne saurai vivre sans toi !

Je demeurai stupéfait, immobile ;
A l'écouter je m'oubliais sans fin,
Car ce m'était à croire difficile ;
Et cependant, le fait est très-certain :
Elle était bien là, cette frêle branche.
Quand je m'en fus, j'entendis, ô mon Roi !
Au genêt, encor disait l'orobanche :
    Je ne saurai vivre sans toi !

LE MONASTÈRE.

Moi, l'oublier ! moi, parjure infidèle,
On me verrait aujourd'hui la trahir !
Ange d'amour, je dois vivre pour elle :
J'ai toujours là gardé son souvenir.
C'était mon bien, mon seul bien sur la terre !
Je le sens trop, l'on n'aime qu'une fois.
Recevez-moi, lieu de paix, monastère :
J'ai tout perdu !... son regard et sa voix !

C'était pour moi les songes du bel âge :
Oui, son bonheur eût fait tout mon orgueil.
Que j'étais fier et rempli de courage !
Et désolé, je m'assieds sur son seuil !
Comme un parfum elle aimait la prière :
Dieu l'appela dans ses palais d'azur.
Recevez-moi, lieu de paix, monastère :
J'ai tout perdu !... son front calme et si pur !

On l'admirait : qu'elle était tendre et belle !
Chacun voulait ses grâces, sa candeur,
Son teint vermeil et sa noire prunelle,
Ses traits divins qui se gravaient au cœur !
Elle est là-haut, au séjour de lumière :
Adieu bonheur, plaisirs, trésors, espoir !
Recevez-moi, lieu de paix, monastère :
Ce n'est qu'au ciel que je puis la revoir !

VOUS NE M'AIMEZ PLUS.

Je n'ose pas avoir un ton sévère,
Laure, avec vous : je le devrais pourtant.
Comme autrefois, vous m'êtes toujours chère ;
Mais votre cœur ne m'en dit pas autant.
Vous ne rêviez que ma seule présence,
Qu'à mes billets, avec plaisir relus.
Rien ne saurait abuser ma constance :
Je le vois bien, non, vous ne m'aimez plus !

Dans votre esprit, qui causa ma disgrâce ?
Votre dédain m'abreuve de ses coups.
Dites ? Qu'un mot sur votre lèvre passe :
Me croyez-vous aujourd'hui moins jaloux ?
Me faudra-t-il languir dans l'ignorance ?
Mes soins sont-ils, dites, moins assidus ?
Oh ! répondez ! A ce cruel silence,
Je le vois bien, non, vous ne m'aimez plus !

Vous m'accueilliez avant par un sourire,
Et maintenant je vous approche en vain.
Je vous disais : Ce bien peut me suffire,
Et dans mes mains je pressais votre main !
Mais si l'on doit juger sur l'apparence,
Oh ! dans vos yeux, que je lis de refus !
Vous me montrez par trop d'indifférence :
Je le vois bien, non, vous ne m'aimez plus !

LA FOLLE DU SOLEIL.

Je comprends le lys et la rose ;
Chaque fleur dans les champs éclose
Me parle et me tient en éveil :
Je me penche sur leurs corolles
Pour saisir leurs douces paroles,
Et mon amant, c'est le soleil !

La scabieuse dit qu'il m'aime :
Mon bonheur est vraiment suprême ;
Voyez mon amant, qu'il est beau !
Dans sa rayonnante parure,
Sa flamme est éternelle et pure :
Je lui souris de ce coteau !

Avant l'alouette éveillée,
Je suis debout sous la feuillée :
Pour le voir j'erre nuit et jour.
C'est mon bonheur et mon seul rêve
Dans le ciel, sitôt qu'il se lève,
Nos regards se parlent d'amour !

A toi mes vœux et ma tendresse,
A toi ma prière s'adresse;
Tu n'as point d'égal, de pareil,
M'a dit la blanche paquerette,
Dont je comprends la voix secrète :
Mon bien-aimé, c'est toi, soleil !

L'AME DÉLAISSÉE.

Dormez sur ma lyre muette,
Chants profanes et chants sacrés;
Qu'un voile noir couvre ma tête;
Croissez pour moi, tristes cyprès;
Nuit, soyez froide et plus épaisse;
Tombez, perles; fanez-vous, fleurs;
Frais rubans, perdez vos couleurs :
Je ne crois plus à la tendresse.

Comme un doux rêve qui s'envole,
Qu'ils étaient doux ses mots d'amour
Mon cœur croyait à cette idole,
Comme au ciel qui donne le jour !
De ma chute et de sa promesse,
Riez longtemps, lutins moqueurs;
Enivrez-vous de chants vainqueurs :
Je ne crois plus à la tendresse !

Papillons joyeux et folâtres,
Ne voltigez plus dans les prés;
Avec la nuit, lueurs bleuâtres,
Dansez sans bruit, ô feux follets!
Flétrissez-vous, beauté, jeunesse,
Illusions, douces erreurs;
Les serments sont faux et trompeurs ;
Je ne crois plus à la tendresse !

RESTE A LA CHAUMIÈRE.

Tu pars, dis-tu, pour chercher la fortune :
Crains le destin, trop perfide en ses coups.
Oh! jeune ami, n'en avais-tu pas une
Dans notre joie, et la paix parmi nous?
Quand dans nos champs renaît la primevère,
Quand l'hirondelle a vers nous revolé,
Pourquoi partir, dis? Reste à la chaumière :
    Oh! ne sois pas pauvre exilé!

Loin de nos jeux, de nos plaisirs tranquilles,
Sous autre ciel ne t'en vas point rêvant :
Au sein du bruit, hélas! des grandes villes,
L'ambition égare bien souvent!
Dans tes ennuis, qui viendra te distraire,
Quand tu seras sans amie, isolé?
Pourquoi partir, dis? Reste à la chaumière :
    Oh! ne sois pas pauvre exilé!

Vers des pays que le soleil enflamme,
Tu veux braver les flots, d'affreux climats;
Daigne écouter ma voix qui te réclame :
Tant sont partis qui ne revinrent pas !
Le vrai bonheur s'obtient par la prière :
Nous prierons sous l'azur étoilé.
Pourquoi partir, dis? Reste à la chaumière :
    Oh ! ne sois pas pauvre exilé !

MOÏSE AU SINAÏ.

———

L'Éternel descendit, se plaça là dans une
nuée avec lui, et proclama le nom de l'É-
ternel.

(*Exode*, v. 34.)

Sur le haut du Sina va monter le Prophète :
Dieu vient de l'appeler pour lui donner sa loi.
Avec crainte, Israël, approche, et sur ta tête,
Vois les sillons de feu, l'ouragan, la tempête,
    Et ce que ton Dieu fait pour toi !

Chœur.

    De Dieu célébrons la puissance :
    Chantons sa souveraineté,
    Sa grandeur, sa magnificence,
    Et son éternelle bonté !

La voix du trois fois saint partout se fait entendre :
La terre en a frémi ; tout écoute avec foi ;
Les flots de s'arrêter ne peuvent se défendre.
C'est que dans ce moment ton Dieu vient de descendre :
　　　Israël ! ô recueille-toi !

De toutes parts se lit sa Majesté divine ;
Tout dit d'un même accord : Voici des rois le roi !
Sous ses vivants rayons jusqu'à l'air s'illumine :
Israël, que ton front avec ferveur s'incline,
　　　Car Dieu se manifeste à toi !

Les harpes de l'éther résonnent dans l'espace ;
Tout chante l'Éternel dans un secret effroi :
Le firmament paraît tour-à-tour et s'efface !
De la montagne ardente, Israël, où Dieu passe,
　　　Et de ce grand jour, souviens-toi !

　　　De Dieu célébrons la puissance :
　　　Chantons sa souveraineté,
　　　Sa grandeur, sa magnificence,
　　　Et son éternelle bonté !

REVIENS SOUVENT.

La blanche lune éclaire l'onde
  Avec amour ;
Elle s'y voit et pure et blonde
  Comme un beau jour !

Son front nubile est ceint de roses
  Vives encor :
On dirait mille fleurs écloses
  D'argent et d'or.

En brillante robe de fête
  Dieu la conduit,
Pour réveiller l'âme muette
  Quand le jour fuit.

Et tout devient, jusqu'au silence,
  Harmonieux,
Lorsque, légère, elle s'élance
  Du haut des cieux.

L'essaim des songes, auprès d'elle,
    S'égaie en rond;
A son rendez-vous, fidèle,
    Chacun répond.

Pour m'inspirer où je promène,
    Seul et rêvant,
Sur ces bords, ô charmante reine!
    Reviens souvent!

LA FLEUR D'ANIGA.

Sur l'arbre dégradé par l'âge,
Où croît la mousse, pur velours,
Nul n'aperçoit sur son passage
La tendre fleur des derniers jours.
De l'amitié c'est le symbole,
Où Dieu lui-même l'attacha;
J'ai vu briller son auréole,
J'ai vu la fleur d'aniga !

La moindre fleur a son emblème :
La rose veut dire candeur;
L'héliotrope, je vous aime;
Et la citronelle, douleur;
Celle qui dit : Moi je console,
Mon œil curieux la trouva :
J'ai vu briller son auréole,
J'ai vu la fleur d'aniga !

Viens-tu du ciel, fleur qu'on ignore,
Pour couronner l'arbre vieilli?
Oh! laisses-moi te voir encore!
Mon front sur toi s'est recueilli!
Où la vie et fuit et s'envole,
Mon cri joyeux la salua :
J'ai vu briller son auréole,
J'ai vu la fleur d'aniga!

Elle est d'un bleu tendre et petite
C'est un don que l'âge a reçu.
Lorsque votre cœur battra vite,
Près de quelque arbre au tronc moussu,
En en voyant une comme elle,
Vous pourrez dire : La voilà!
Je la reconnais : qu'elle est frêle!
J'ai vu la fleur d'aniga!

CAPTIF ET PAPILLON. *

En te voyant mon cœur palpite,
Fils de l'air, papillon des champs ;
Mais pourquoi fuir la marguerite
Et le soleil, ces doux penchants ?
Ici le froid prendrait ton aile :
Va, retournes vers le plaisir.
Pauvre captif, je dois gémir,
Et toi la liberté t'appelle !

Du soleil, des fleurs du vallon,
Ah ! que tout seul ce mur m'isole :
Va-t-en loin de mon noir donjon ;
      Vole, vole,
      Beau papillon !

* Cette mélodie, ainsi que *le Monastère, — Si tu veux être à moi,* — et *l'Écho,* — ont paru, avec accompagnement pour piano. On les trouve chez les principaux marchands de musique, à Paris, Bordeaux, Bayonne et Libourne.

A toi les zéphyrs, la lumière,
Le bonheur, la vie et l'amour ;
Pour moi la douleur, la prière,
Et l'esclavage sans retour.
L'ennui pénètre la tourelle
Où je languis depuis longtemps ;
Dans l'oubli s'exhalent mes chants,
Et toi la liberté t'appelle !

Avec la rose tant aimée,
Les beaux jours seraient-ils partis ?
Va revoir la source argentée
Et baiser le myosotis !
Aux jeux d'aimable pastourelle,
Empresse-toi, vif et léger ;
Loin du captif va voltiger :
Adieu ! la liberté t'appelle !

Du soleil, des fleurs du vallon,
Ah ! que tout seul ce mur m'isole :
Va-t-en loin de mon noir donjon ;
    Vole, vole,
    Beau papillon !

J'AIME LOUISE.

A Madame veuve Louise C.

———

Je répondais avec naïveté aux mères, aux
filles et aux épouses des hommes ; je leur
disais :

(Atala.)

Vous voulez que je vous apprenne
Ce qui fait que rien ne me plaît ?
Pourquoi je ne réponds qu'à peine ?
Pourquoi je suis toujours distrait ?
Vous voulez que je vous le dise ?
    J'aime Louise !

Pourquoi mon âme se recueille ?
Quels sont les traits que je fais là ?
Pourquoi j'interroge et j'effeuille
D'un doigt tremblant l'acacia ?
Vous voulez que je vous le dise ?
    J'aime Louise !

Le rêve enivrant qui m'inspire
Dans les ravins, sur les coteaux ?
Pourquoi j'écoute quand soupire
La brise à travers les rameaux ?
Vous voulez que je vous le dise ?
      J'aime Louise !

Pourquoi je vais sur le rivage
Entendre le flot qui mugit ?
Pourquoi je reste sur la plage,
Seul et pensif, quand vient la nuit ?
Vous voulez que je vous le dise ?
      J'aime Louise !

Pourquoi je laisse ma nacelle
Livrée aux caprices du vent ?
Dans le ciel, où va l'hirondelle,
Pourquoi mon regard va souvent ?
Vous voulez que je vous le dise ?
      J'aime Louise !

LE BLUET.

———

Fleur de saphyr,
Que le zéphyr
Berce et caresse
Avec ivresse,
Dans son bonheur,
Comme une sœur,
Charmante fleur,
A toi mon cœur!

Pour t'admirer
Et m'enivrer,
Reine flexible,
Pure et sensible,
De ta douceur
Et ta fraîcheur,
Charmante fleur,
A toi mon cœur!

Au sein des blés,
Mes pas troublés
Vont en silence !
Du ciel immense
Vient ta candeur
Et ta couleur ;
Charmante fleur,
A toi mon cœur !

De l'aube au soir
J'aime à te voir,
Belle et timide,
Étoile humide ;
Malgré l'ardeur,
Vois ma pâleur ;
Charmante fleur,
A toi mon cœur !

C'est que demain,
En mon chemin,
Je crains sur l'herbe,
Avec la gerbe
Du moissonneur,
La faux vainqueur ;
Charmante fleur,
A toi mon cœur !

L'OUBLI.

Vous me disiez : Je suis pur et sincère ;
J'étais tout seul, sans lien, sans bonheur,
Et pour mourir je regardais la terre,
Quand votre voix vint ranimer mon cœur.
Ne suis-je plus l'étoile d'espérance,
Aux rayons d'or, qui brilla sur vos jours ?
Je le croirai, l'oubli naît de l'absence,
Et cependant je vous aime toujours !

Oh ! que je fus insensée et naïve,
A vos soupirs lorsque j'ajoutai foi !
Je me souviens dans mon âme pensive
De ces doux mots : Enfant, si j'étais roi !
Voyez sur vous la feuille qui s'envole ;
Ne parlez plus d'éternelles amours :
Vous imitez le papillon frivole,
Et cependant je vous aime toujours !

Je vois partout vos traits et votre image ;
Votre nom vient égarer mon sommeil :
Je le redis en voyant votre gage ,
Que j'ai gardé comme un bien sans pareil !
Mais dans vos vœux un autre me remplace ,
Car vous avez avec moi des détours.
Je le sens trop , votre abord est de glace ,
Et cependant je vous aime toujours !

LE MYRTHE ET L'IMMORTELLE.

———

Dans ces fleurs que je vous présente,
Mon cœur vous parle de plaisirs,
Étoile d'azur, âme aimante,
Charmante objet de nos désirs !
Je conjure pour votre fête
Le souffle cruel des autans :
Si Dieu veut ce que je souhaite,
Vos jours seront un beau printemps.

Au myrthe j'unis l'immortelle
Et la fleur de simplicité :
Ange exilé que tout décèle,
Croyez à ma sincérité ;
Que votre gracieux sourire
Accueille mes jeunes accents :
Si Dieu veut ce que je désire,
Vos jours seront un doux printemps.

La blanche violette, emblème
De la candeur, s'y trouve aussi ;
L'armoise est le bonheur qu'on aime ;
J'ai su négliger le souci.
Je vois briller votre auréole
Des roses de vos dix-huit ans :
Vous dont la voix charme et console,
Ayez pour vous un gai printemps.

C'est l'amitié qui vous le donne :
Acceptez ces fleurs de ma main ,
Et que votre fête pardonne
Avec mon cadeau, mon refrain ;
Et que ne puissent-ils vous plaire !
Oui , pardonnez mes vœux ardents :
Si le ciel entend ma prière ,
Vos jours seront un long printemps.

LA FUITE.

J'irai, suivant ses pas, sur la froide falaise,
Où la vague mugit en roulant, et s'apaise
Sous le vent, tour-à-tour furieux ou calmé;
Je serai, comme il dit, ici-bas son égide.
Loin, bien loin des méchants, prenant l'amour pour
Je veux m'enfuir avec mon bien-aimé !   [guide,

J'aime de ses cheveux la couronne dorée,
Plus encor les beautés de son âme ignorée;
J'entendrais exhaler son accord animé :
J'aime son doux regard plus que mon île verte.
Sur quelque bord lointain, quelque plage déserte,
Je veux m'enfuir avec mon bien-aimé !

Avec lui, dans l'exil, point de gloire flétrie :
Ses yeux seront mon ciel, et ses bras ma patrie.
J'aime de son amour le soupir embaumé,
Et sa lyre divine, au langage ineffable;
J'affronterai pour lui l'ouragan redoutable :
Je veux m'enfuir avec mon bien-aimé !

UN JOUR DE FÊTE.

Joyeux amis que la gaîté rassemble,
L'aurore a lui des folâtres plaisirs;
Avec bonheur fêtons ce jour ensemble :
Que les ébats éteignent nos désirs.
Le temps se prête à notre âme ravie,
Les doux parfums animent les amours;
A son banquet l'amitié nous convie :
Daigne le ciel prolonger les beaux jours !

De nos refrains, de nos chansons,
Égayons la brise légère;
Rions, chantons, dansons
Sur la pelouse bocagère;
Dansons,
Et filles et garçons !

Que nos couplets s'imprégnent d'allégresse ;
Oublions tout, même l'heure qui fuit.
L'archet léger cadence notre ivresse ;
Après les chants la danse nous sourit ;
A nos amours la guirlande fleurie ;
Que tous les jeux se succèdent en cours.
Pour savourer ces instants de la vie,
Daigne le ciel prolonger les beaux jours !

Laissons le jus du pampre avec la coupe,
Si rien ne doit absorber nos loisirs,
Et sans retard, amis, allons en troupe,
Du gai quadrille accepter les plaisirs :
Enivrons-nous de bonheur, d'harmonie ;
Boucles, perdez-vous, rubans, frais atours ;
La fleur se penche à peine épanouie :
Daigne le ciel prolonger les beaux jours !

SONNET

Au jeune Lucien C.

Enfant, dans ton berceau, dès l'âge le plus tendre,
Toi qui sus mériter que l'on t'appelât bon,
Tâche d'être toujours digne de ce surnom,
Et, sans en être fier, sois flatté de l'entendre.

Je sais qu'intelligent tu sauras me comprendre,
Et sans vouloir ici te faire la leçon,
A la haine du cœur préfère le pardon :
Les songes embaumés sur toi viendront s'épandre.

Dans la vie où tu vas entrer avec des vœux,
Que toutes les vertus se lisent dans tes yeux :
Déjà ton amitié se révèle sincère.

Assise à ton chevet, lorsque veille ta mère,
Sois sage, la nuit vient, le vent souffle, crois-moi :
Je t'ai promis des vers; adieu, mais endors-toi !

L'ÉCHO.

A M. Eugène Petit.

———

Mystérieux esprit, voix saisissante,
Qui me remplis et d'amour et d'effroi,
Prestige saint, parole caressante,
Dont nul ne sait le berceau ni la loi!
J'allais cherchant un endroit solitaire,
Pour épancher ma douleur sans témoin;
Mais de la foule, hélas! quand je fus loin,
Les yeux au ciel, je demandai ma mère.
Et sur les bords où tristement j'errais,
L'écho redit ma plainte et mes regrets!

Voix qu'on entend, et que chacun ignore,
Viens-tu vers moi du séjour des élus?
Toi qui me trouble, et que j'écoute encore,
Es-tu la voix de ceux qui ne sont plus?

Pourquoi trembler devant une âme chère?
Je ne saurais la craindre ni la fuir ;
Reviens encor me parler, me bénir :
Aux fleurs d'azur je demandai ma mère.
Et sur les bords où tristement j'errais,
L'écho redit ma plainte et mes regrets !

Suave effluve, éclat doux, pure haleine,
Souffle immortel, pieux soupir encor,
Ombre sacrée, et dont l'aspect m'enchaîne,
Dis, d'une étoile as-tu pris ton essor,
Ou de la tombe as-tu levé la pierre?
Mais je vois fuir celle qui m'aimait tant !
O sort cruel! que mon malheur est grand !
Jour, voile-toi, car je n'ai plus ma mère.
Et sur les bords où tristement j'errais,
L'écho redit ma plainte et mes regrets !

NAPOLÉON.

L'aigle altier, près du ciel avait bâti son aire :
Oh ! que la France était heureuse et belle alors !
Elle possédait tout ce qui charme et sait plaire :
Grandeur, indépendance, et vertus, et trésors,
      Dans ses transports !

Parlez-moi de ces temps, vous que l'on aime à croire,
Guerriers aux bras noircis par le feu du canon ;
Racontez-moi ces jours d'immortelle mémoire ;
Oh ! vous, ses vieux enfants, j'écoute votre histoire :
      Parlez-moi de Napoléon !

Quel astre ! Plus de maux, de misère, de honte,
Dès qu'il nous apparut à l'horizon voilé !
Au milieu des combats, par sa parole prompte,
D'une croix, sur son cœur, le soldat signalé
      Fut étoilé !

Oh ! parlez-moi longtemps de ce grand météore,
Que l'univers connut, qui tremblait à son nom ;
Dites-moi son coucher, lorsqu'a fui son aurore ;
Contez toujours, guerriers aimés, contez encore :
      Parlez-moi de Napoléon !

Mon fils, que nous avions de gloire et de puissance !
Sur le haut du Kremlin flotta notre drapeau ;
Du monde, entre nos mains, nous tenions la balance.
L'infâme trahison nous gardait un tombeau
      A Waterloo !

Mais que vois-je ? De pleurs votre paupière est pleine ;
Je veux savoir aussi l'ère d'affliction ;
Déjà votre récit auprès de vous m'enchaîne :
Contez ! Dans les sanglots vous dites : Sainte-Hélène,
      Ile d'Elbe !... Napoléon !...

LE MORALISTE.

———

Combien m'ont dit : Laisses tes veilles ;
Vers les plaisirs viens avec nous :
Auprès de fillettes vermeilles,
Le temps qui s'écoule est si doux !
Viens, profitons de la jeunesse :
Vivons pour nous, soyons joyeux,
Que la gaîté brille en nos yeux.
Rire, folâtrer sans cesse,
Boire et chanter, voilà le mieux !

Dans notre court pèlerinage,
Laissons et travail et savoir :
Le sot peut-être est-il le sage ;
Soyons fou du matin au soir !
Des tourments de l'incertitude,
Sachons délivrer notre esprit :
Ah ! que d'amis la mort surprit,
Trop hâtive, sous sa faux rude.
Viens partager notre crédit !

Quoique le cœur, à vos paroles,
Dis-je, palpite de désir,
Mes pensers ne sont point frivoles,
Et le travail a son plaisir.
Vainement de notre existence
Vos récits abrègent le cours :
Au lendemain j'eus foi toujours;
Et plein de force et d'espérance,
Je me réveille tous les jours.

J'aperçois d'un esprit trop ferme
Le bonheur que vous caressez :
La misère, en voici le terme :
Ce mot n'en dit-il pas assez?
Ah ! malheureux qui vous écoute,
Va prêtant quelque attention
A vos conseils, votre leçon !
Moi, les compagnons de ma route
Sont la sagesse et la raison.

Que de tourments, de maux encore!
En sont, hélas ! le résultat !
Vient le remords qui nous dévore,
Étendus sur un noir grabat :
Adieu soleil, jours d'allégresse,
Qui vous voyaient frais et dispos;
Choc des verres, tendres propos,

Où se dépensa la jeunesse :
Il vous faut souffrir sans repos !

J'aime bien mieux, lorsque les voiles
De la nuit s'épandent sur nous,
Parfois, sous les blanches étoiles,
Humer l'air pur, toujours si doux !
Alors je retrempe mon âme,
Je suis sans crainte et sans douleur :
La nature charme en mon cœur ;
Rien n'a terni ma libre flamme,
Et je crois encore au bonheur.

Oui, la déception amère,
De vos jours éteint le flambeau :
Avant le soir, plus de lumière,
Et rien que la nuit du tombeau !
Il faut ici-bas être utile,
Haïr le mal, aimer le bien ;
C'est le plus sublime lien ;
Secourir le vieillard débile :
Le travail en est le moyen !

Travail, mère forte et féconde,
Source de toutes les vertus,
De trésors tu dotes le monde ;
Par toi nos vœux sont entendus !

Oh! chaleureux intermédiaire,
Près de Dieu, tes hymnes bruyants,
Lui sont un agréable encens,
Qu'il bénit comme la prière,
Et dans l'espace et dans le temps !

SOUVENEZ-VOUS DES MORTS.

IMITÉ DE LAMENNAIS.

A l'heure où l'Orient d'un long crêpe se voile,
Où s'éteignent les bruits, dès que l'azur s'étoile,
Mes pas, des blés jaunis allaient suivant les bords.
L'abeille, avec l'oiseau, reposaient sous la feuille ;
La cloche murmurait ces mots qu'un trouble accueille :
      Souvenez-vous des morts !

Je croyais, fasciné, retenant mon haleine,
Que leurs voix, se mêlant à celle aérienne
Des sépulcres où vont les faibles et les forts,
Disaient : Pensez aux pleurs, à la joie animée
D'hier, évanouis ainsi qu'une fumée :
      Souvenez-vous des morts !

Vous que la foi guida vers la pure demeure,
J'attends : comme la vôtre aussi viendra mon heure,
Et d'autres, à leur tour, las de travaux, d'efforts,
Écouteront, troublés, regagnant leur cabane,
Le soir, la voix qui dit dans l'air, et calme et plane :
      Souvenez-vous des morts !

L'EXIL.

IMITÉ DE LAMENNAIS.

Ces arbres sont bien beaux, ces fleurs fraîches et belles,
Et le ciel est bien pur ; mais ces splendeurs nouvelles
Ne rappellent en moi pas le moindre lien :
Ces arbres ne sont pas ceux qu'aima mon enfance,
Et dont toujours mon cœur a gardé souvenance ;
   Ils ne me disent rien !

Cette onde mollement serpente dans la plaine ;
Mais auprès de ses bords nul penser ne m'enchaîne.
Le murmure et les chants du luth éolien
Sont doux ; mais les plaisirs, les chagrins qu'ils éveillent,
Ne sont pas mes chagrins, mes plaisirs qui sommeillent :
   Ils ne me disent rien !

Où s'en vont dans les airs, au-dessus de ma tête,
Ces nuages, vapeurs que chasse la tempête ?
Comme eux le sort me pousse, où ? Je ne sais pas bien.
Heureux de son foyer qui peut voir la lumière !
Quels sont ces gens assis près de cette chaumière ?
   Ils ne me disent rien !

L'ENTRETIEN.

IMITÉ DE LAMENNAIS.

———

Mon père, le travail, en ce jour, est bien rude :
Mes bras sont harassés bien plus que d'habitude.
Au pampre entrelacés se fendent les épieux ;
Le hoyau rebondit, tant est sèche la terre ;
Le souffle du midi soulève la poussière,
    Et le soleil darde ses feux.

Mon fils, prenez courage : après le souffle aride,
Nous aurons l'aube en pleurs et la nuée humide :
Dans le bleu firmament tous les biens sont éclos ;
Le Tout-Puissant nous voit souffrant dans cette plaine ;
Chaque jour ici-bas a son espoir, sa peine :
    Après le travail le repos.

Mon père, près de nous, voyez ces pauvres plantes :
Voyez comme elles sont pâles et languissantes !
Ainsi que notre front, leur calice est flétri ;
Pas un seul papillon près d'elles ne voltige ;
Regardez celle-ci se courber sur sa tige :
    Toutes ses feuilles ont jauni.

Elles reverdiront, mon fils : chêne, brin d'herbe,
La plus chétive fleur, l'arbre le plus superbe,
Tout reprendra la vie et l'éclat printanier :
Car celui qui, d'un mot, a créé tous les mondes,
Redressera bientôt, par ses brises fécondes,
     Ce que ce jour a vu plier.

Mon père, les oiseaux dorment; la chaleur gagne :
On n'entend plus la caille appeler sa compagne,
Dans le creux du sillon, où penchent les roseaux ;
La génisse, partout, va cherchant un peu d'ombre;
L'air manque : le taureau, le col tendu, l'air sombre,
     Dilate ses larges naseaux.

Dieu, mon fils, aux oiseaux rendra leurs voix perdues;
Génisses et taureaux, aux forces détendues
Par ce soleil brûlant d'une ardente chaleur,
Respireront demain avec la brume grise :
Sur le liquide azur déjà passe la brise
     Qui doit nous porter la fraîcheur.

Asséyons-nous un peu sur la verte fougère :
Sous ce grand chêne, au bord de cet étang, mon père,
Regardez les poissons dans l'onde se croiser :
Quelques-uns semblent fuir, comme par une alerte;
D'autres semblent parfois, de leur bouche entr'ouver-
     Donner à l'air un mol baiser.   [te,

Et chacun d'eux, mon fils, trouve en paix sa pâture :
Car celui qui, d'un souffle, anima la nature,
A la vie attacha le plaisir comme un don.
Le mal n'existe pas, du moins qu'en apparence ;
C'est l'ombre de l'amour : ayons-en la croyance ;
   Dieu n'est que bien et que pardon.

O mon père ! pourtant vos yeux marquent la peine ;
En vain de l'aube au soir le travail vous enchaîne :
Hélas ! que votre sort est précaire, incertain !
La sueur a baigné souvent votre visage ;
Et fûtes-vous jamais, malgré votre courage,
   Assuré d'un seul lendemain !

Eh ! qu'importe, mon fils ! demain autre journée ;
Laissons à Dieu le soin de notre destinée :
En se levant, sait-on si l'on verra le soir ?
Pourquoi s'inquiéter de l'aurore nouvelle ?
Nous vivons chaque jour comme vit l'hirondelle,
   D'amour, de prière et d'espoir.

Qu'aperçois-je tout près de nous, dites, mon père ?
A deux pas seulement, regardez sur la terre :
On dirait comme un mort serré dans son linceul ;
Autrement, exilé des célestes phalanges,
On dirait un enfant enveloppé de langes :
   Voyez à l'ombre du tilleul.

C'était un ver rampant, mon fils, qu'il t'en souvienne ;
Avant peu, ce sera fleur toute aérienne,
Une brillante forme aux contours gracieux ;
Les plus riches couleurs formeront sa parure ;
Tu la verras bientôt, d'une aile vive et pure,
    S'élancer vers l'azur des cieux.

MISERERE.

IMITÉ DE LAMENNAIS.

—

Comme les animaux qui manquent de pâture
    Pour donner à leurs petits ;
    Comme la pauvre brebis
A qui l'on prend l'agneau, son bien dans la nature ;
    Ou sous le vautour rongeur,
Ainsi que la colombe en sa cruelle serre ;
    Du fond de notre misère,
    Nous crions vers vous, Seigneur !

Sous la griffe du tigre ainsi que la gazelle ;
    Comme le taureau brisé,
    Et de fatigue épuisé,
Tombant ensanglanté sous l'aiguillon rebelle ;
    Devant le chien du chasseur,
Comme l'oiseau blessé, qu'il poursuit terre à terre ;
    Du fond de notre misère,
    Nous crions vers vous, Seigneur !

De lassitude, en mers, telle que l'hirondelle,
Tombée en les traversant,
Sur les flots se débattant,
Et contre le péril luttant en vain de l'aile ;
Dans un désert plein d'ardeur,
Comme des voyageurs sans eau qui désaltère ;
Du fond de notre misère,
Nous crions vers vous, Seigneur !

Comme des naufragés sur un rocher stérile,
A l'heure où la nuit se fait ;
Comme celui qui, distrait,
Rencontre un spectre hideux sur ses pas, immobile ;
Ou quand on ravit, sans cœur,
Le pain à ses enfants, de même que leur père ;
Du fond de notre misère,
Nous crions vers vous, Seigneur !

Comme le prisonnier dans un cachot humide,
Où le puissant l'a jeté,
Du fouet tout déchiré ;
Comme l'esclave, hélas ! sous un maître cupide,
Au supplice du déshonneur ;
Ainsi que l'innocent à son heure dernière ;
Du fond de notre misère,
Nous crions vers vous, Seigneur !

De même qu'Israël, esclave en sa souffrance,

  Ainsi que les descendants

  De Jacob, dont les enfants

Étaient, les premiers-nés, noyés à leur naissance;

  De même, dans leur malheur,

Que les douze tribus travaillant sans salaire;

  Du fond de notre misère,

  Nous crions vers vous, Seigneur !

Comme les nations avant qu'eût lui l'aurore,

  Qui les délivra sans choix;

  Comme le Christ sur la croix,

Lorsqu'il se prit à dire, en espérant encore :

  Oh! pourquoi seul, dans mon cœur,

M'avez-vous délaissé? Pourquoi donc, ô mon Père?

  Du fond de notre misère,

  Nous crions vers vous, Seigneur !

L'IDOLATRIE·

—

Loin tous ces dieux muets ! de métal, bois ou pierre,
Dont l'homme façonna l'immobile paupière ;
Œuvres d'une main froide et d'un compas glacé,
Que l'on sort de la fange en une masse informe,
Sous des soins assidus présentant une forme,
      Un visage vingt fois tracé !

Des entrailles du sol, dans sa folle sagesse,
L'homme va sortant tout : son bonheur, sa richesse !
Mais richesse et bonheur, hélas ! qu'un rien détruit !
Il appelle la boue avec amour sa mère,
Et l'ingrate se rit de sa joie éphémère
      Dans les abîmes de la nuit !

Atome qui se croit superbe, impérissable,
Que la voix du Dieu saint fit lever sur le sable ;
De son marbre taillé, Pygmalion épris,
Voulant se mesurer à la toute puissance,
Et que le moindre vent, plein du pouvoir immense,
      Jette, avec son œuvre, en débris !

4

O Sphynx des bords du Nil! ô temple de Palmyre!
Que dites-vous à l'œil qui de près vous admire?
Le silence éternel règne sur votre front.
Hélas! depuis longtemps, brisés, couverts de terre,
Du temps injurieux, sans respect, téméraire,
      Vous subissez l'indigne affront!

Et vous, Persépolis, Arad, Sidon, Ninive,
O Babylone! et vous, et votre immense rive!
Plus de bruits, de soleil, plus de joyeux printemps!
Que reste-t-il debout de vos grandeurs antiques?
Où sont vos aquéducs, vos remparts, vos portiques?
      Où sont vos milliers d'habitants?

Hélas! qu'adorent-ils? Les objets de leur culte
Sont profanés, salis : la mouche les insulte;
Mortel, où donc es-tu pour lui jeter un cri?
Quel est donc ce repos? d'où vient ce froid silence?
Tu ne te lèves pas! Dors-tu dans la balance
      De l'éternel dernier abri?

Est-il un autre Dieu pour ta foi, pour ton âme?
Est-il d'autres splendeurs? Vis-tu d'une autre flamme?
Ton œil aperçoit-il un plus pur horizon?
Verrais-tu rayonnant l'infini dans sa gloire?
Dis, n'as-tu plus déjà pour amour la nuit noire,
      Ni la poussière pour raison?

Vers qui s'élève, fleurs, votre haleine si douce?
Vos chants, oiseaux chéris au frais berceau de mousse?
Fleuves impétueux, qui dicte votre cours?
Alpes, où levez-vous vos cîmes argentées?
Qui vous mit dans l'azur, vous, lampes éthérées,
      Où vous resplendissez toujours?

O murmure sacré! pure voix, harmonie!
Chant des mondes en chœur vers l'âme indéfinie!
Concert mystérieux, grand, sublime, éternel,
Qui changez tous les bruits en hymne dans l'espace,
Je viens me perdre en vous comme le flot qui passe:
      Apportez ma prière au ciel!

TRADUCTION DE POÉSIES IRLANDAISES

De Thomas Moore.

SOUVIENS-TOI.

Cours où t'attend le bonheur et la gloire ;
Mais couronné des mains de la victoire,
Que le succès ne trouble pas ta foi.
Si la louange arrive à ton oreille,
Emmiellée, ou bien vraie et vermeille,
  Oh ! souviens-toi !

Bien d'autres bras peuvent, de leurs ivresses,
Charmer tes sens, t'enlacer de caresses,
Et le plaisir t'enchaîner à sa loi ;
Mais d'un ami, quand la voix te rassure,
Lorsque la joie est plus douce et plus pure,
  Oh ! souviens-toi !

Après les jours aimés des fleurs écloses,
Si tu trouvais quelques tardives roses,
Et que ton cœur soit palpitant d'émoi,
En les voyant, daigne songer à celle
Qui te les fit aimer d'amour ; comme elle,
  Oh ! souviens-toi !

Lorsque, à tes pieds, les feuilles de l'automne
Viennent mourir ; quand le foyer rayonne ;
Quand, sur le soir, hélas ! bien loin de moi,
Tu vas errant, à la lueur chérie
De ton étoile, au firmament fleurie,
   Oh ! souviens-toi !

SI TU VEUX ÊTRE A MOI.

Si tu veux être à moi, les trésors de la terre,
De l'onde et de l'azur, belle enfant de Cythère,
S'étendront à tes pieds, et seront tous à toi.
Les biens que l'âme ardente embrasse dans son rêve,
Tu les posséderas, et le bonheur sans trève,
      Si tu veux être à moi !

Des lauriers sur nos pas couvriront notre route ;
Auprès des lacs riants, une voix qu'on écoute,
Murmurera pour nous comme un hymne de foi ;
Il nous semblera voir, dans la nuit, sous son voile,
Les astres habités par l'amour, pure étoile,
      Si tu veux être à moi !

La terre à nos regards s'enfuira tout entière ;
Ainsi que d'un rayon la furtive lumière,
L'amour saura créer ces prodiges pour toi,
Transporter ici-bas le ciel bleu, sa patrie,
Si ton cœur s'abandonne à sa douce magie,
      Si tu veux être à moi !

LE CHANT DE FIONNUALA. *

Faites silence, eaux mugissantes ;
Et vous, brises rafraîchissantes,
Dans nos vallons ne soufflez pas :
De Lir, la fille solitaire
Raconte à l'astre du mystère,
Sa douleur, hélas ! trop amère,
Et le sujet de ses ébats !

Du cygne à l'aile pure et blanche,
Ainsi le chant de mort s'épanche :
Oh ! réveillez–moi,
Cloches de la foi !

---

* Fionnuala, fille de Lir, fut changée en cygne par une puissance surnaturelle, et condamnée à errer sur plusieurs lacs et rivières d'Irlande, jusqu'à la venue du Christianisme. Le premier son de la cloche de la Messe devait être le signal de sa délivrance.

Pour longtemps je suis condamnée :
O Moyle! ma destinée,
Près de tes vagues, est d'errer;
Un ennui cruel me dévore;
Vainement j'appelle l'aurore :
Erin dort et sommeille encore.
Viens, jour béni, me délivrer!

Quand verrai-je donc ta lumière
Venir consoler ma paupière,
Astre brillant, mon plus beau jour?
Ah! lèves-toi dans l'empirée,
Et de ton haleine éthérée,
Touche, de la voûte azurée,
Notre île de paix et d'amour!

Du cygne à l'aile pure et blanche,
Ainsi le chant de mort s'épanche :
    Oh! réveillez-moi,
    Cloches de la foi!

REMPLISSEZ LE VERRE.

Mes amis, remplissez le verre : chaque goutte,
Jaillissant sur le front trop soucieux qui doute,
En efface une ride, au vin fait croire alors ;
La flamme de l'esprit voit s'éteindre nos peines,
Lorsque du gobelet elle parcourt nos veines.
     Remplissez le verre à pleins bords !

Les sages, captivant, dit-on, la foudre ailée,
Font descendre ses feux de la voûte étoilée ;
Nous autres, au seul nom du nectar des trésors,
De la pure liqueur de rubis, et qui brille,
Nous attirons l'éclair de l'esprit, qui pétille.
     Remplissez le verre à pleins bords !

Savez-vous qui légua le premier, à notre âme,
Cet amour pour le vin, que notre soif réclame ?
Prométhée, et sur lui les auteurs sont d'accord :
Il déroba le feu vivant qui nous anime,
Et cacha son larcin dans la coupe sublime.
     Remplissez le verre à pleins bords !

Quelques gouttes brillaient du banquet de la veille ;
L'âme unit ses rayons à la liqueur vermeille ,
S'y mêla pour toujours dans ses brûlants transports :
De là vient notre feu , la terrible puissance
Des averses à flots , nous inspirant d'avance.

    Remplissez le verre à pleins bords !

L'AMOUR DANS LA DOULEUR.

Au milieu de la vie, alors que les soucis
Se trouvent inconnus de nos jours sans ennuis,
Qu'un plaisir s'enfuit–il, soudain un autre arrive
Dans un monde fantasque et fait à notre choix.
Croyez–le, quand ces dons s'éclipsent à la fois,
    La tendresse est beaucoup plus vive.

Quand nous voyons passer notre âge heureux d'enfant,
Comme une feuille, hélas! qu'entraîne le courant,
Qu'aux flots amers la coupe et s'emplit et se mêle,
Alors c'est le moment vrai de l'affection :
L'amour, né du plaisir, glisse comme un rayon,
    Et la douleur le rend fidèle.

Dans les climats aimés du soleil et du jour,
Sur leurs tiges, les fleurs n'épanchent à l'entour
Que de faibles parfums : elles ont peu de charmes;
C'est sous nos cieux couverts d'un nuageux brouillard
Que s'exhale l'encens de ces belles sans fard :
    Ainsi la douceur dans les larmes.

L'ESPRIT ET LA RICHESSE.

—

A la porte de verre
De la beauté, l'on dit
Qu'un jour venaient pour plaire
La richesse et l'esprit.
Pour qui s'ouvrira-t-elle,
Votre porte, la belle?
Celle-ci, de sang-froid
Leur dit : Au plus adroit!

Buvons à la vierge discrète,
Par qui fut éveillé
Le poète;
Amis, buvons
A celle qui donne aux chansons,
A la voix secrète,
Ce que l'or n'eût jamais payé!

La richesse, avec l'aide
De sa clef d'or en mains,
Crut entrer, frappe, plaide :
Ses efforts furent vains.
A l'esprit, au contraire,
Par sa vive lumière,
Un joli diamant
Ouvre un sentier brillant !

L'amour, dans un beau gîte,
Ressemble, en son essor,
Au gnome qui s'abrite
Au fond des mines d'or.
Région plus parfaite
Voit l'amour du poète ;
Il rend, d'anges des cieux,
Le cœur mélodieux !

Buvons à la vierge discrète,
Par qui fut éveillé
Le poète ;
Amis, buvons
A celle qui donne aux chansons,
A la voix secrète,
Ce que l'or n'eût jamais payé !

IL N'EST RIEN DE VRAI QUE LE CIEL.

Ce monde n'est qu'un songe, une ombre fugitive :
Le sourire animé de la gaîté furtive
N'est rien que faux semblant et qu'artificiel ;
Vainement les tableaux à nos yeux se déroulent :
Ils brillent pour tromper, et puis, trompeurs, s'écoulent.
  Il n'est rien de vrai que le ciel !

L'éclat resplendissant des ailes de la gloire
Est faux et passager, enfin n'est qu'illusoire :
C'est un rayon pâli, bien superficiel ;
Dans ce monde tout fuit, en un instant succombe :
Les fleurs de la beauté s'entr'ouvrent pour la tombe.
  Ah ! rien n'est brillant que le ciel !

Voyageurs égarés sous la nue orageuse,
Dans les sentiers boisés d'une route fangeuse,
La nuit nous environne et le vent est cruel.
De la raison, hélas ! l'étincelle éphémère
Ne sert qu'à nous montrer la lave du cratère.
  Ah ! rien n'est calme que le ciel !

LE DÉSIR.

Rien qu'une heure furtive : oh! ne fuis pas encore!
Le plaisir est riant, et la fleur de minuit,
Qui dédaigne le jour et les pleurs de l'aurore,
Pour les vierges d'amour éclot dans l'ombre et luit.
J'aime à voir sur ton front l'auréole d'opale
Que glisse de l'azur la lune blanche et pâle :
Ne t'enfuis pas, demeure, il fait encore nuit !

Sous l'ombrage d'Hammon, et dans le temps antique,
Le jet limpide et clair, qui retombait sans bruit,
Coulait frais et glacé dans sa coupe rustique,
Et brûlait quand l'étoile éclairait son réduit.
Comme elle, ton regard vient raviver ma flamme;
Je voudrais te donner tout entière mon âme :
Ne t'enfuis pas, demeure, il fait encore nuit !

A-t-il jamais été si pur, si doux sourire ?
Enfant que j'aime , oh ! oui , c'est le ciel qui te suit ;
Dans son antre secret, Écho dort sur sa lyre ;
Du bosquet de Cythère en paix goûtons le fruit ;
Rarement le plaisir ainsi que ce soir brille :
Pourquoi briser sitôt ces liens , jeune fille ?
Ne t'enfuis pas , demeure , il fait encore nuit !

PLEURS POUR PLEURS.

Tes pages de bonheur sont-elles effacées?
Dans sa course, le temps, de ses ailes glacées,
Te pencha-t-il ainsi que nos plus tendres fleurs?
Si tes illusions s'envolent une à une,
Viens nous unir ensemble, enfant de l'infortune :
　　Je puis te rendre pleurs pour pleurs!

L'amour fut-il, hélas! pour ton âme si tendre,
Comme un faux diamant, perfide à s'y méprendre,
Égarant le regard séduit par ses couleurs?
Ah! si tel fut ton sort, si l'espérance éteinte
N'a laissé dans ton cœur que le vide ou la plainte,
　　Je puis te rendre pleurs pour pleurs!

Si, dans son charme fui, ton aurore te laisse;
Si, comme une ombre, un rêve, a passé ta jeunesse;
Si le monde cruel se rit de tes douleurs;
Si tu gémis enfin, seule, sur cette terre,
Viens, nous rendrons à deux la peine moins amère :
　　Je puis te rendre pleurs pour pleurs!

CHANT SACRÉ.

Le silence dort sur tes plaines :
Israël, ton trône n'est plus ;
La ronce croît dans tes domaines ;
Tes enfants pleurent dans les chaînes.
Ah ! du nombre de ses élus,
Le Seigneur les a-t-il exclus ?

Il avait choisi, sans partage,
Jérusalem, son tendre amour ;
Mais, d'un impur encens, l'outrage
A sur elle attiré l'orage,
Et le vert olivier, sans retour,
N'a plus connu l'éclat du jour.

Adieu l'étoile de Solyme,
Ses jours de gloire et de beauté !
Elle gît au fond de l'abîme ;
De Baal, coupable victime,
Son oubli, de Dieu fut noté,
Et le bonheur leur fut ôté.

O conquérants! prenez vos armes,
Dit le Seigneur, vous serez forts!
Je t'abandonne à tes alarmes :
Sion, que tes filles en larmes,
Et comme folles, sur tes bords,
Marchent sur leurs pères morts!

VIENS AVEC MOI.

Sois ma compagne, jeune fille :
Viens me suivre au loin sur la mer,
Alors qu'au ciel le soleil brille,
Ou quand mugit le flot amer ;
Autrement, lorsque ma nacelle
Reluit de neige. Sans effroi,
Fais-toi ma compagne fidèle :
Jeune fille, viens avec moi !

Le sort est pour moi sans alarmes :
Que m'importe le noir trépas !
La vie est auprès de tes charmes,
Et la mort seule où tu n'es pas !
De mon amour sois assurée ;
Ah ! que ton cœur soit sans émoi :
Viens donc sur la mer ondulée,
Jeune fille, viens avec moi !

L'Océan est pour les cœurs libres,
La terre n'est que pour les fers :
L'esclave y tremble jusqu'aux fibres.
Joie et bonheur nous sont offerts
Sur la vague qui se replie;
Viens, je n'aimerai que toi;
Nul œil jaloux ne nous épie :
Jeune fille, viens avec moi !

Ah ! ne crains point que je hasarde,
Sur un sol étranger, tes pas :
L'âme fidèle brûle et garde
Sa flamme sous tous les climats.
A l'autre une saison succède;
Mais tout s'oublie auprès de toi;
Je serai ton guide et ton aide :
Jeune fille, viens avec moi !

LA DERNIÈRE ROSE.

Lorsque l'été touche à sa fin,
Sans tes compagnes du jardin,
    Dernière rose,
D'être seule et sans amitié,
Tu souffres : de toi, par pitié,
    Ma main dispose.

On ne voit plus à tes côtés
Ces jeunes et fraîches beautés,
    Qui savaient rendre
Et tes rougeurs et tes soupirs,
Ni les boutons, riants désirs,
    Pour te comprendre.

Va sommeiller près de tes sœurs,
Éparses toutes, pauvres fleurs,
    Jonchent la terre,
Sans fraîcheur, éclat, ni parfum ;
Leur règne, sous l'astre au teint brun,
    Fut éphémère.

5

Non, je ne te laisserai pas
Languir davantage, tout bas,
    Sans espérance :
Ah! que tes feuilles, en ce jour,
Couvrent le sol; voici ton tour :
    Plus de souffrance.

Comme toi, puissé-je de près,
Les visions pleines d'attraits,
    Suivre à mesure
Que, du cercle des cœurs aimants,
Se détachent ces diamants
    De flamme pure.

La tendresse, au vrai bonheur sert;
Sans elle, en ce monde désert,
    Qui voudrait vivre?
Cris et regrets sont superflus :
Si ceux que j'aimais ne sont plus,
    Je veux les suivre!

LE BATELIER CANADIEN.

Et remigens cantus hortatur,
QUINTILIEN.

Les ombres de la nuit vont obscurcir la rive ;
Chantons notre départ et l'heure fugitive :
Que notre hymne, dans l'air, aille s'épanouir [1] !
Entendez-vous du soir au loin tinter les cloches ?
Ramez, frères, ramez : les rapides sont proches,
L'onde se précipite, et le jour va pâlir !

Dans la plaine d'azur brille la reine étoile ;
Pourquoi nous faudrait-il déployer notre voile ?
Rien ne vient onduler la vague ou la ternir ;
Mais alors que le vent soufflera de la grève,
Nos rames et nos bras goûteront quelque trève :
Ramez, frères, ramez, car le jour va pâlir !

[1] Aux rapides de Sainte-Anne, il faut que les bateliers mettent à bord une partie, sinon la charge entière de leurs bateaux. C'est de cet endroit que les Canadiens datent leur départ. Ils possèdent la dernière église sur l'île, église dédiée à la sainte tutélaire des voyageurs.
(MACKENSIE, *General History of the fur trade.*)

De l'astre de la nuit la clarté précieuse,
Outaouais nous verra sur ta lame écumeuse ;
Veille sur nous, sainte Anne, et sur notre destin ;
Entends mugir le gouffre aux entrailles de roches :
Soufflez, brises, soufflez : les rapides sont proches [1],
L'onde se précipite, et le jour s'est éteint !

[1] En Amérique, on donne ce nom aux courants violents qu'occasionne le voisinage des grandes chutes.

LA GUIRLANDE.

Je sais des visions la tranquille demeure :
Se jouant à l'entour du berceau de la nuit,
Les clochettes des fleurs, ou quand du jour c'est l'heu-
Elles vont loin des yeux se reposer sans bruit.   [re,
Nul mortel ne pourra voir la folâtre bande,
Car l'aube a déployé déjà son voile gris.
Jeune fille, hâtons-nous de tresser la guirlande :
Les songes et les fleurs demain seront flétris !

Le fantôme d'amour, dans la nuit, qui visite
Les fronts purs, et se plaît d'erreurs à les bercer,
Se dérobe aux jasmins qu'un léger souffle agite,
Empreint du doux parfum qu'il laisse au loin percer ;
L'espérance joyeuse, étoile pure et grande,
De la fleur d'amandier s'élance d'un débris.
Jeune fille, hâtons-nous de tresser la guirlande :
Les songes et les fleurs demain seront flétris !

La vision qui va dévoilant une mine
Aux profanes regards, conduit par son accueil,
Est là sous ce gazon que le ciel illumine,
Qui dore sous les monts jusqu'aux dents du chevreuil.
Les spectres effrayants aiment, dit la légende,
La mandragore, hélas! jetant la nuit des cris.
Jeune fille, hâtons-nous de tresser la guirlande :
Les songes et les fleurs demain seront flétris.

Le songe vaporeux de jeune âme offensée,
Aux traits d'iniquités patiemment qui sourit,
Est dans le cannelier ainsi qu'une pensée,
Un mystère d'amour que l'ombre ensevelit.
Sur l'autel de l'hymen viens poser ton offrande :
Le temps est précieux, sachons-en tout le prix.
Jeune fille, hâtons-nous de tresser la guirlande :
Les songes et les fleurs demain seront flétris.

LA COUPE ET L'AMOUR.

Mon ange, ne dis plus que l'enivrant breuvage
Du pampre, éteigne un seul regret, ou davantage;
Oh! crois-moi, les regards courroucés seulement
Sont ce qui disparaît dans ses vagues de flamme :
Jamais un des rayons émanés de ton âme
   Ne s'est perdu dans le torrent!

   A la fontaine pareille,
   Qui, du pèlerin, réveille
   L'ardeur, de nuit, de jour,
    La coupe écumante,
    Avive et brillante,
     L'amour!

Sur ma coupe aux bords pleins, de tes yeux la magie,
A la surface encor flotte et la sanctifie :
Non, le vin ne peut rien dérober à mon cœur.
N'imagines donc plus qu'il absorbe le charme
Du tendre sentiment, ou bien, dans ton alarme,
   Qu'il noie un rêve de bonheur!

Une rose à la pluie un jour fut exposée
Par l'amour : les boutons qui burent la rosée
Moururent, furent tous flétris avant le soir ;
D'une autre, qu'il baigna dans le vin qui pétille,
Comme toi, les boutons fûrent, ô jeune fille !
    Épanouis et beaux à voir !

    A la fontaine pareille,
    Qui, du pèlerin, réveille
    L'ardeur, de nuit, de jour,
      La coupe écumante,
      Avive et brillante,
       L'amour !

LE SOUHAIT.

———

Oui, je voudrais une île bien brillante,
Cachée au sein d'un océan d'azur,
D'une beauté toujours jeune et riante;
Où le printemps resterait frais et pur;
Où, du parfum du calice des roses,
L'abeille irait composant son doux miel;
Où les bosquets, les prés, les fleurs écloses,
Resplendiraient de tout l'éclat du ciel.

Un lieu d'amour, d'exil et de prière,
Et retiré loin des yeux des méchants;
Où de nos jours d'encens et de lumière,
Les nuits seraient pour nous des transparents;
Où l'espérance ailée, avec l'abeille,
Dans cet Éden aux charmes enchanteurs,
En voltigeant dès que l'aube s'éveille,
Se nourriraient dans d'éternelles fleurs.

5*

Où l'on verrait briller toujours la feuille,
Sans se faner, dans les bosquets fleuris ;
Et dans ces lieux où le bonheur accueille,
Trouver la vie être un trésor sans prix ;
D'une âme alors plus pure et plus ardente
Que le climat avivant son essor,
Nous aimerions dans cette île enivrante
Comme on aimait dans l'heureux âge d'or !

LE PREMIER RÊVE.

Ils ne sont plus ces jours dont on aime les peines,
Ces jours où la beauté m'enlaçait de ses chaînes ;
L'espérance, pour moi, peut fleurir à son tour,
Et dans mon avenir un doux rayon paraître :
Des jours beaux et brillants se lèveront peut-être,
    Mais le premier rêve d'amour !

A bien plus haut degré peut monter le poète,
Lorsque, de son printemps, soudain le feu s'arrête :
Il peut au vrai talent faire avec fruit la cour ;
Mais où trouvera-t-il pareille joie à celle
Qu'il éprouvait jadis au seul nom de sa belle ?
    Mais son premier rêve d'amour !

Elle est là, dans son cœur, l'image révérée,
De rubans et de fleurs encor fraîche et parée ;
Mais les liens si doux sont brisés sans retour ;
Peut-être sur ses pas trouvera-t-il la gloire ;
Mais le point resté vert au fond de la mémoire !
    Mais le premier rêve d'amour !

CHANT SACRÉ DE MIRIAM.

—

> Et Miriam la prophétesse, sœur d'Aaron,
> prit à la main un tambourin, et toutes les
> femmes la suivirent en dansant au son des
> instruments.
>
> (*Exode*, xv. 20.)

L'Egypte les recèle à tous dans sa mer sombre :
Pharaon et les siens sont engloutis sans nombre.
Chantez, car le Seigneur a brisé leur élan;
Un nouvel horizon pour Israël se lève.
Gloire soit au Très-Haut, dont le souffle est un glaive :
    Il nous a vengés du tyran !

    De Jéhova le peuple est libre :
    Chevaux, cavaliers, chars d'airain
    Ne sont plus ! Que la harpe vibre !
    Frappons du joyeux tambourin !

Du haut de la colonne en feu, resplendissante,
Dieu baissa son regard, et la vague roulante,
Dans l'abîme entraîna des milliers de héros !
Qui donc racontera leur destinée affreuse ?
Egypte, tes enfants, dans leur course orgueilleuse,
     N'ont trouvé que le froid repos !

Dieu les a foudroyés du vent de sa parole :
Au plus noir des trépas son courroux les immole.
Chantez ! Ils se croyaient si forts, nos ennemis !
Où sont-ils maintenant, avec leur renommée ?
Gloire ! gloire au Seigneur ! qui défit leur armée,
     Qui les a tous anéantis !

     De Jéhova le peuple est libre :
     Chevaux, cavaliers, chars d'airain
     Ne sont plus ! Que la harpe vibre !
     Frappons du joyeux tambourin !

L'EXCUSE DU BARDE.

Ah! ne vous hâtez pas de condamner le barde!
Si, chaque jour, hélas! au réveil, il lui tarde,
Vers les bosquets fleuris, de voler au matin,
Où règne le plaisir, qui se rit de la gloire,
Ce choix n'est pas le sien, amis, daignez l'en croire :
 Il était né pour un plus beau destin!

La corde qui languit, sur son luth, détendue,
N'eût pas certainement été nulle et perdue;
De même que son âme, en des jours plus heureux,
D'une flamme plus sainte eût brûlé, moins lassée;
Par le dard du guerrier, en autre temps pressée,
 Elle eût courbé, forte, l'arc orgueilleux [1] !

---

[1] Wormius conjecture que le nom de l'Irlande est dérivé de *yr*, qui signifie un arc en langue runique, arme dont les Irlandais se servaient jadis avec une grande dextérité. Cette interprétation est certainement plus honorable pour les Irlandais que la suivante : Ainsi, cette Irlande (appelée la terre de l'ire* à cause des querelles incessantes qui s'y montrèrent

---

* Irlande s'écrit en anglais : *ireland*, mot composé de *ire*, colère, et de *iand*, terre, terre de la colère.

Les lèvres d'où le chant du seul désir s'exhale,
Auraient à flots versé l'inspiration mâle
D'un noble cœur, amant de sa patrie en deuil :
Car ses enfants, hélas ! soupirent sur sa cendre !
Ç'est crime de l'aimer, et mort de la défendre !
    Tout a plié, courage et noble orgueil !

Ses fils sont dédaignés et regardés contraires ;
S'ils n'osent pas trahir et renier leurs pères,
La torche qui les guide au sentier des honneurs
S'allume au bûcher même où la patrie expire.
Pourtant, d'Erin encor le nom aimé l'inspire ;
    Il revivra par ses chants dans les cœurs !

Ne condamnez donc pas le barde, s'il essaie
D'oublier qu'il ne peut fermer si vive plaie ;
Renaisse sa patrie, et comme Harmodius [1],
Il couvrira bientôt du myrthe oisif son glaive.
Que n'a-t-il seulement l'espoir qu'un jour se lève
    Brillant pour celle qui n'en attend plus !

pendant quatre cents ans) était maintenant devenue la terre
de la concorde.

[1] Voyez l'hymne grecque attribuée à Alcée : « Je porterai
mon glaive caché sous les myrthes, comme Harmodius et
Aristogiton. »

LA JEUNE ARABE AU MASQUE NOIR.

———

Nos tentes au désert te paraîtront rustiques ;
Mais je t'y bercerai du chant de mes cantiques.
Qui ne préfèrerait aux trônes sans amour
    Le plus simple séjour !

Nos rocs sont âpres ; mais l'acacia, qui balance
Sa blonde chevelure au-dessus, en silence,
Nous donne son haleine et ses fleurs au teint blanc.
Nos sables sont brûlants ; mais l'antilope habile,
Mieux qu'au palais des rois, y bondit plus agile
    Sur ses pieds d'argent !

Fuyons ! ah ! fuyons donc ! ta jeune Arabe t'aime !
N'as-tu pas à ses yeux l'éclat d'un diadème ?
L'amour fut-il jamais un bonheur mensonger ?
Viens, je serai pour toi, dans le désert si rude,
L'antilope égayant ta calme solitude
    De son bruit léger !

Il est des voix, des yeux, qui vous dardent dans l'âme,
Un de ces rayons pris à l'éternelle flamme :
C'est ainsi que pour moi fut ton regard, ta voix ;
Comme si je les eût chéris dès le jeune âge,
En les voyant, mon cœur les aima davantage
         La première fois !

Viens ! si ton âme encor ne s'est pas attachée ;
Si ton amour ressemble à la source cachée,
Pure, quand le vanneau vient de la découvrir ;
Mais si, pour moi, ton cœur délaissait quelque belle,
S'il se rendait perfide, et volage, infidèle,
         Il faudrait te fuir !

Si je savais pour moi que tu fusses profane,
Ah ! j'aimerai bien mieux construire ma cabane
Où, sur le lac glacé, luit l'astre du dégel ;
Mieux que de remplacer, dans l'impur sanctuaire,
L'image maintenant qui ne sait plus te plaire,
         Amant trop cruel !

Nos tentes au désert te paraîtront rustiques ;
Mais je t'y bercerai du chant de mes cantiques :
Qui ne préfèrerait aux trônes sans amour
         Le plus simple séjour !

QUE LA COUPE CIRCULE.

Crois-tu que mon esprit n'ait pas même une angoisse
Et soit toujours si gai? Non, la douleur le froisse.
Ne va pas espérer que le sourire aimant
Du soir, pour se jouer, sur mon front pur revienne.
Mais que la coupe en main circule chaude et pleine,
    Et soyons heureux un moment!

La vie est sous le chaume et les riches demeures;
La dissipation, pour tous de quelques heures,
Que la fleur du plaisir vient orner rarement;
Le cœur est déchiré par l'épine traîtresse.
Mais que la coupe encor circule avec ivresse,
    Et soyons heureux un moment!

Puissions-nous ne trouver en ce pèlerinage
Que les pleurs ici-bas que le bonheur ménage,
Peut dorer pour chacun d'un sourire égayant;
Les ris que la pitié peut convertir en larmes.
Mais que la coupe en main circule avec ses charmes,
    Et soyons heureux un moment!

Oh! combien de nos jours serait sombre la trame,
Si l'amour, l'amitié, ne berçaient point notre âme !
Sans ces biens, que ferait l'heure de mort vraiment?
Il faut souvent pleurer l'illusion nourrie.
Mais que la coupe, amis, circule épanouie,
     Et soyons heureux un moment!

Tant que la vérité luit et subsiste encore
Dans l'homme ou dans la femme, ou dans ceux qu'on adore,
Je voudrais, pour les cœurs jeunes, l'amour brillant;
Pour le déclin des jours, l'amitié qui console.
Mais que la coupe en feu circule vive et folle,
     Et soyons heureux un moment!

ELLE EST LOIN.

Loin du sol où mourut son ami si fidèle,
Une foule d'amants se pressent autour d'elle :
Mais, hélas ! elle fuit leurs regards et le jour !
La solitude mieux lui convient : elle y pleure,
Car son cœur est resté dans la froide demeure
      Où dort à jamais tant d'amour !

Elle chante tout haut les airs doux et sauvages
Des lieux où sa jeunesse eut les premières pages;
Elle dit les accords qu'il aimait éveiller.
Ah ! de ceux que ses chants ravissent, qui l'écoutent,
Combien ne pensent pas même, ni ne se doutent,
      Que son cœur se brise en entier !

Oui, son jeune héros est mort pour sa patrie;
Il vécut pour l'aimer, comme à sa tendre amie :
L'une et l'autre à leurs soins le voyaient ici-bas.
Sa patrie a pour lui des pleurs en récompense,
Et celle qu'il aima, dans une longue absence
      Longtemps ne languira pas !

Oh ! creusez le tombeau de la vierge adorée
En quelque lieu d'amour, sous la voûte azurée,
Où le soleil promet un lendemain brillant :
Que ses rayons vermeils viennent, pleins de lumière,
Comme un sourire aimé, sur sa couche dernière,
De son île et de l'Occident !

LA VIE.

De plaisirs et de maux la vie est bigarrée ;
Entre le mal, le bien, notre âme est égarée ;
Nos caprices joyeux suivent notre abandon ;
Avant la fin des pleurs s'éveille et naît le rire ;
Notre pitié s'enfuit sur l'aile du délire :
Que la coupe circule, et faites-moi raison !

Gardons, si pour le sage est lourde l'existence,
La légère douleur, sœur de la jouissance ;
D'un moment la folie, et qui nous est un don.
Chaque vague, à son tour sombre ou pleine de charmes,
Mire, en passant, nos yeux dans le rire ou les larmes :
Que la coupe circule, et faites-moi raison !

Le jeune Hylas, un jour, s'en fut vers la fontaine,
Le cœur content. Au lieu de suivre un peu la plaine,
L'enfant courut cueillir les fleurs de la saison,
Dans les prés émaillés, négligeant son ouvrage.
Combien, pour une rose, ont laissé leur message !
Que la coupe circule, et faites-moi raison !

LE GÉNIE DE L'HARMONIE.

A M. Pool Silva.

———

Ad harmoniam canère mundùm.
(Cicéron, *de Nat. Deor.*, lib. iii.)

Au fond des vagues gît une conque bizarre,
Ayant mille replis sinueux, chose rare !
Et pareille, dit-on, à celles qui jadis,
Doux écho, renvoyaient à travers leurs replis,
A travers les glayeuls et les algues humides,
Votre souffle embaumé, chantantes Néréïdes.
Cette coquille enfin, magique objet d'amour,
Tomba du sein nacré d'une Sirène, un jour,
Alors que sur les flots qui baignent la Sicile,
Aux sables tout dorés, elle glissait tranquille.
A la surface, on voit reluire, curieux !
Des lignes et des points, écrit mystérieux !
Notes, à ce qu'on croit, et pures harmonies [1],

---

[1] Il y a dans l'histoire naturelle des Antilles la description
d'un curieux coquillage, trouvé à Curaçao, sur le dos duquel
sont tracés des lignes remplies de caractères de musique si

De l'abîme écumant, qu'à minuit les génies
Mêlent aux doux concerts des orbes éternels,
Qui roulent dans les cieux auprès des immortels !
Tu pourras la trouver en quels lieux elle brille :
Cherche, sans te lasser, la divine coquille ;
Et si la force, ami, vibrante des accords,
T'est chère, apporte-là dans ma retraite : alors
J'évoquerai pour toi les rêves de lumière
Qui vont berçant l'esprit de la septième sphère,
Quand l'accord éloigné de la lune, doux bruit,
Vient frapper faiblement son oreille en la nuit [1].

distincts et si parfaits, que l'auteur y avait déchiffré un charmant trio. On nomme ce coquillage musical, parce qu'il porte
sur le dos des lignes noirâtres pleines de notes qui ont une
espèce de clé pour les mettre en chant; de sorte que l'on dirait qu'il ne manque que la lettre à cette tablature naturelle.
M. Du Montel, cet ingénieux gentilhomme, rapporte qu'il en
a vu qui avaient cinq lignes., une clé, et des notes qui for-
maient un accord parfait. Quelqu'un y avait ajouté la lettre
que la nature avait oubliée, et la faisait chanter en forme de
trio, dont l'air était fort agréable (chap. xix, art. 2). L'auteur
ajoute : Un poète aurait pu supposer que les sirènes se servaient de ces coquillages dans leurs concerts.

[1] Selon Cicéron et son commentateur Macrobe, le ton lu-
naire est le plus grave et le plus faible de l'harmonie plané-
taire. Leone Hebreo, poursuivant l'idée d'Aristote, que le
cieux sont doués d'une vie animale, attribue leur harmonie

Tu verras à travers ce qui fut fait sans nombre,

Où la matière étend comme un manteau son ombre;

Où l'âme a des rayons, comme les fleurs d'azur,

Jusqu'aux lieux ignorés de nos regards, et pur;

Où l'onde transparente, au-dessus de nos têtes [1],

Dans leur doux tourbillon, emporte les planètes,

Jusqu'au petit ruisseau qui plane sur son lit,

De perles, loin de nous, vers les sphynx de granit,

Et les hymnes des saints, et l'humaine parole,

Et le bourdonnement de l'abeille qui vole;

Depuis l'ardent soupir des flèches du soleil [2]

Jusqu'au vent musical de l'osiel en éveil,

Dans les plaines d'Afrique [3]; et tu diras qu'immense,

un amour réciproque et parfait. Cette idée n'est autre que le philotés d'Empédocle, qui, dans sa définition de l'amour et de la haine des éléments entre eux, semble avoir entrevu les principes de la loi d'attraction et de répulsion.

[1] Leucippe, partisan de la philosophie des atomes, imagina dans les cieux une espèce de tourbillon qu'il emprunta à Anaxagore, et suggéra peut-être à Descartes.

[2] Héraclite, dans ses Commentaires sur les Allégories d'Homère, conjecture que l'idée de l'harmonie des sphères est due à ce poète, qui représente les rayons du soleil comme autant de flèches qui, en traversant l'air, vibrent et rendent un son particulier.

[3] Dans une description de l'Afrique traduite par d'Arlancourt, il est question d'un arbre dont les branches agitées

6

L'univers en entier me doit son existence ;
Que dans tout je respire, et que tout est en moi ;
De l'harmonie enfin que je suis bien le roi !
Salut ! à toi salut ! conque mystérieuse !
Plus d'une étoile a fui dans la nuit ténébreuse [1],
Et l'urne de Saturne, au sein de l'Océan,
A versé plus d'un pleur [2], depuis que, talisman
Aérien, tu dors sous les eaux qu'on doit craindre.
Avec mon précieux trésor, je cours me joindre
Dans les célestes chœurs, où celle qui chanta
Les doux premiers accents dont chacun raffola,
La sirène des mers, fait résonner la lyre
D'Orphée [3], ou guide autour du pôle, avec délire,

rendent des sons mélodieux. Abenzégar, auteur arabe, dit qu'il y a un certain arbre qui produit des gaules comme d'osier, et qu'en les prenant à la main et les branlant, elles font une espèce d'harmonie fort agréable. (*L'Afrique*, de Marmol.)

[1] Allusion à l'extinction, ou au moins à la disparition de quelques étoiles fixes que nous avions appris à regarder comme des soleils escortés chacun de tout un système solaire.

[2] Porphyre dit que Pythagore regardait la mer comme une larme. Quelque autre ajoute, si je ne me trompe, que la planète de Saturne en était la source. Empédocles, par une affectation du même genre, appelait la mer la sueur de la terre.

[3] Les anciens nommaient tout le système d'harmonie des sphères, *la grande lyre d'Orphée.*

Quelque âme bien heureuse, en un char tout doré.

Pour toi, faible mortel, eh bien! j'évoquerai

Mes douces visions : ne vois-tu pas sur terre,

Courir, sous le soleil d'Espagne, une rivière?

Eh bien! ce sont des pleurs vraiment harmonieux [1];

Prêtes l'oreille, sois attentif, curieux :

Lorsque le vent du soir descend sur l'eau tranquille,

Elle soupire ainsi qu'une harpe docile;

Chaque vague qui roule en est corde, lien;

Chaque brise qui souffle, archet aérien.

Au bord de ce ruisseau si merveilleux, repose

Ta tête languissante, et comme un bouquet rose,

C'est un rêve divin que là je t'enverrai,

Un beau rêve, pareil à ceux de l'inspiré [2],

A celui qui, tenant sa lyre primitive

A la main, sur le mont de Thrace et sur sa rive,

Épiait, l'œil tourné vers l'Orient brumeux [3],

Le premier jet riant de la source des feux.

Oh! quelles visions alors, sur cette terre,

[1] Cette rivière musicale est citée dans le roman d'Achile Tatius.

[2] Orphée.

[3] Erastosthesnes, parlant de l'extrême vénération d'Orphée pour Apollon, dit qu'il avait coutume d'aller sur les monts Pangéens au point du jour, et d'y attendre le lever du soleil, afin d'être le premier à saluer ses rayons.

Peuplaient son sein pensif, à l'heure solitaire [1] !
Avec quelle pieuse extase s'élevait
Sa prière ! encens pur que le cœur exhalait,
Pleine de foi, d'amour, vers la Toute-Puissance,
Dont ce monde à chacun révèle l'existence !
Ou bien encor, sais-tu quels rêves par moi
Envoyés, dissipaient la sombre horreur, l'effroi,
De la silencieuse, et puis morne retraite,
Où dans l'ombre, à la fois noire, froide et muette,
Le philosophe, dit le sage de Samos,
Jour et nuit se livrait au plus saint des repos [2];
Où, libre de tout joug et de terrestres chaînes,
Des liens du plaisir, des entraves de peines,
Son âme s'envolait aux globes éthérés,

[1] Quelques vers d'Orphée qui nous ont été conservés, renferment de sublimes idées sur l'unité et la magnificence de Dieu, tels que ceux qui nous ont été cités par Justin, martyr (*Ad. Græc. Cohortat.*), et que quelques personnes ont regardé comme apocryphes et comme ayant été fabriqués dans les premiers temps du Christianisme ; cependant, la difficulté est de savoir à qui les attribuer, car ils sont trop pieux pour les païens, et trop poétiques pour les Pères de l'Église.

[2] La caverne près de Samos, où Pythagore passait la plus grande partie des jours et des nuits à méditer les mystères de sa philosophie, à l'instar des Mages.

Buvait à la fontaine aux nombres consacrés [1],

Et voyait se mouvoir autour d'elle, brillantes,

Dans un mystique chœur, les étoiles chantantes,

Harmonieuses voix, ardent concert des cieux!

Ces rêves, ô mortels! et saints et radieux,

J'en jure par les feux et par le diadème

Qui ceint ma chevelure en un réseau suprème,

Par les sept diamants que l'on y voit briller,

Unissant leurs rayons aux regards, scintiller

En un doux arc-en-ciel d'harmonieuse flamme [2],

Ces rêves, ô mortels! seront ceux de ton âme!

---

[1] Le tétractys, ou nombre sacré des Pythagoriciens, sur lesquels ils juraient solennellement, et qu'ils appelaient la source de l'incessante nature.

[2] Ce diadème représente l'analogie qui existe entre les notes de la musique et les couleurs du prisme.

ÉPITRE A JOSEPH ATKINSON, esq.

Avant de nous quitter, dès que le jour a fui,
Qu'une coupe circule, et soit bue à l'ami   [dre.
De mon cœur; oui, soit bue au plus cher, au plus ten-
Oh! jugez par les pleurs que l'on me voit répandre
En le nommant, combien entre tous il m'est cher!
Voilà comment, assis sous un calebassier,
Entouré seulement, hélas! du petit nombre,
Qui pouvaient avec moi se rappeler, à l'ombre
Je parfumais ma coupe, avec intention,
D'une larme, pour vous, de bénédiction.
Oh! dites, en est-il ainsi de vous, à l'heure
Lumineuse où l'esprit, cette âme intérieure,
Pétille avec le vin, alors que de Bacchus
La rosée à longs flots, de nos cœurs peu connus,
Fait jaillir ce qu'ils ont en eux de tendres choses,

Et que de nos pensers les fleurs fraîches écloses
Vont se renouvelant sans se tarir ; ami,
Oh! dites vrai, parmi vous en est-il ainsi?
Votre mémoire, hélas! du passé peu fidèle,
Sur le bord de la coupe enfin s'éveille-t-elle,
Au nom de l'exilé, loin des siens, sans appui,
Et qui, dans l'Elysée, y languirait d'ennui?
C'était donc l'autre soir : en quittant l'ombre épaisse,
Mon esprit était libre et mon corps sans faiblesse :
Du crépuscule aimé les divines senteurs,
Sous les étoiles d'or scintillant sur les fleurs ;
De la grappe le feu, du soir la rêverie,
Ondulèrent le lac bleu de ma fantaisie,
Et quelle vision m'apparut tout le soir !
Je dormirai mille ans pour encor la revoir !
Ils étaient là, bien là, nombreux, ces amis rares,
Évoqués, réunis par mes rêves bizarres
A mon entour : c'était ce que j'avais aimé,
Mais pas encor autant qu'en ce soir animé.
Bientôt, le charme pur de leur joyeux sourire,
Illuminant mon île, en fit un doux empire :
L'onde avait sous leurs yeux moins d'agitation,
La rose rougissait d'un plus gai vermillon;
Oh! non, d'Hérée, oh! non, les charmantes vallées,
Bien que de clairs ruisseaux, de sources étoilées,
Descendant, à longs flots de perles, des hauteurs
Où la voix du berger charme les voyageurs

D'un chant tout pastoral, primitif et rustique,
Aux nymphes enseigné par leur enfant mystique [1];
La Sicile, aux vallons ombragés et fleuris,
Pour moi n'égalait point cet étroit paradis.
L'art n'éclaira jamais une vue aussi belle,
Car en ces lieux je crus ma vision réelle.
Sans ton prisme enchanté, doux charme de nos cœurs,
Les plantes, les jardins auraient-ils leurs couleurs,
Et cet éclat qu'on aime? O puissante magie!
Tu caresses les sens et double notre vie.
Fallait-il qu'au matin dont la splendeur nous luit,
La rose et le ruisseau que j'avais vu la nuit,
En leur natif éclat, fussent encor ces choses,
Tandis que les amis qui moissonnaient les roses
S'étaient évanouis comme un songe léger.
Mais voyez le vaisseau tout prêt à diriger :
En pompeux attirail ses voiles sont montées;
Mes feuilles avec lui doivent être emportées;
Il livre, impatient, son aile au vent du ciel,
Et bientôt vous fuira, bocages d'Ariel.
Quelles brises le sort réserve à son voyage,
Avant qu'il dorme enfin, protégé du rivage

[1] Montagnes de la Sicile, sur lesquelles Daphnis, premier inventeur de la poésie bucolique, fut nourri par les nymphes. (Voyez la charmante description de ces montagnes dans Diodore de Sicile, livre iv.

Qui m'est cher? Oh! combien la houle de ces flots,
Un jour réjouira mes yeux en leur repos!
Quelle musique auront ces vents à mon oreille!
Douce plaine d'amour, à nulle autre pareille,
Dans l'espace, pour moi, je crois que les zéphyrs
N'ont jamais murmuré d'aussi tendres soupirs,
De plus harmonieuse et sainte mélodie,
Éphémère, et trop tôt, hélas! évanonie!
La pelouse, en été, par un soir de fraîcheur,
Ne sera de moitié si brillante à mon cœur
Que l'écume des flots, à travers la rafale,
Ramenant l'exilé dans sa terre natale!

VERS ÉCRITS AU COHOS,

Ou chutes de la rivière des Mohawks [1].

Gia fra in loco ove studia'l rimbomb Dell' acqua...

DANTE.

Depuis l'aube au coucher du soleil dans les mondes,
J'ai vü le fier Mohawks rouler ondes sur ondes,
    Et j'observais les bois de pins,
Obscurcissant les feux de ses eaux sur la plage,
Comme une ombre ternit, fantastique, au passage,
    Le miroir des magiciens!

[1] Le caractère sauvage et désolé du pays qui se trouve im-
médiatement au-dessus de ces chutes, est beaucoup plus en
harmonie avec la grandeur désordonnée de cette scène que
les champs cultivés qui avoisinent celle du Niagara. Voyez
le dessin qu'en donne M. Weld, en son ouvrage. Suivant lui,
la hauteur perpendiculaire de la chute du Cohos est de
soixante pieds; le marquis de Chastellux la porte à soixante-
seize.

Le magnifique arc-en-ciel qui se forme et s'efface conti-

Que ses courses étaient vives, impétueuses !
Son ardeur, à travers les ombres sourcilleuses,
    Semblait fuir dans les hautes fleurs ;
Les anses aux bords verts, qui, cherchant sa caresse,
L'invitaient au repos, ainsi qu'une maîtresse
    Dont la main veut sécher vos pleurs !

Se détournant parfois sous la brise légère,
On eût dit pour jeter un regard en arrière,
    Son bond semblait inachevé,
Et puis il reprenait un élan plus rapide,
Comme un cheval farouche et sans mors et sans guide ;
    Oh ! qu'à son aspect j'ai rêvé !

Que le sort est semblable à tes vagues actives !
Pour qui s'en vient errer sur tes humides rives,
    Par quelles ombres de malheurs,
Combien peuvent s'ouvrir d'humbles et doux asiles
Pour son pied fatigué ! Mais de ces lieux tranquilles
    Il craint les attraits séducteurs !

Et comme la sentence impérieuse et nue,
Qui va poussant tes eaux à leur chute prévue,

nuellement, à mesure que l'écume des eaux monte vers les
rayons du soleil, est peut-être ce qu'il y a de plus ravissant
parmi toutes les merveilles que déploie cette cataracte.

D'erreurs en erreurs il s'enfuit ;
Mais sur lui, dans l'abîme, où son tour le réclame,
Oh ! daigne l'arc-en-ciel du pardon, pure flamme,
Briller le jour comme la nuit !

TRADUCTION DE POÉSIES ALLEMANDES.

ROSETTE SUR LA BRUYÈRE.

Un gars, loin d'une chaumière,
Avisa sur la bruyère,
  Certain jour,
Une rose joliette :
Elle était fraîche ; il s'arrête
  Plein d'amour.

De tous ses yeux il l'admire ;
Le plaisir le fait sourire ;
  Et son cœur,
Ému, palpite d'avance,
Et de joie et d'espérance,
  Pour la fleur !

Oh ! toi qui sus tant me plaire,
Rose rouge qui m'est chère,
  Oui, je veux
Te cueillir. — Non, lui dit-elle,
Ou bien je serai cruelle
  A tes feux.

N'ose point, ou je t'assure
Une assez vive piqûre,
    Et longtemps
Tu penseras, téméraire,
A Rose sur la bruyère,
    Au printemps.

Mais il cueillit la rosette :
Rose alors, dans sa défaite,
    Le piqua ;
Mais sa légère souffrance,
Au sein du bonheur immense,
    S'oublia.

L'ATTENTE.

N'ai–je pas entendu la porte s'ouvrir, ou
N'ai-je pas entendu résonner le verrou?
Non : c'est le vent du soir qui souffle et qui murmure
Dans les hauts peupliers comme dans une armure.

Oh! daigne te parer, feuillage, à mon côté,
Car tu vas recevoir la grâce et la beauté :
De ces arbres, rameaux, formez une retraite
Qui protège mon ange en la nuit inquiète;
Éveillez-vous, légers zéphyrs, et caressez
Les roses de sa joue et ses yeux pur baissés,
Lorsque, d'un pied léger, elle viendra, timide,
Vers les lieux où l'amour lui servira de guide.

Mais silence! quel bruit furtif ai–je entendu
Près ces broussailles-là? Dans cet instant j'ai cru!...
Et ce n'est, vain désir, pris de frayeurs injustes,
Rien qu'un oiseau fuyant du sein de ces arbustes!

Jour, éteins ton flambeau ; nuit heureuse, reviens,
Avec ton doux mystère, et couvre nos liens ;
Sur ces champs empourprés, étends ton voile sage ;
Au loin, sur ces réseaux paisibles de feuillage,
L'amour, dans son bonheur, évite tous les yeux,
Fuit les pas indiscrets, jaloux ou curieux ;
La lumière importune, il la croit imprudente,
Et l'étoile peut seule être sa confidente.

N'ai-je pas entendu là-bas un léger bruit,
Au murmure pareil d'une voix dans la nuit?
Non, c'est le cygne au col d'albâtre, erreur perfide !
Qui se promène en cercle, hélas ! sur l'eau limpide !

Une douce harmonie est dans le sein de l'air ;
L'eau jaillit de la source avec un reflet clair ;
La fleur semble chercher les baisers de la brise.
Au sein des voluptés chaque être sympathise,
Et l'on voit se pencher la grappe de raisin
Vers la pêche dorée au toucher doux et fin,
Sur son rameau pesant, qu'un moindre vent secoue ;
L'air, rempli de parfums, sort le feu de ma joue.

N'ai-je pas entendu des pas vers le bosquet,
Qui brille sous le ciel de même qu'un bouquet?
Non, c'est un fruit tombé par sa pesanteur même.
Que l'attente est cruelle, ô mon Dieu! quand on aime !

Les purs rayons du jour expirent doucement ;
Leur flamme et ses couleurs glissent en pâlissant ;
Déjà s'épanouit, dans le frais crépuscule,
La fleur, craignant les feux du soleil qui la brûle ;
De Phœbé la lumière argentée apparaît ;
Par grandes masses vont se montrant chaque objet.
Les ceintures alors sont toutes dénouées ;
De la nature aussi les beautés avouées.

N'ai-je pas vu briller une robe là-bas ?
Un vêtement soyeux ? Oh ! non, ce n'est, hélas !
Qu'une colonne blanche, au loin qui se détache,
Sur la sombre muraille où mon regard s'attache.

O cœur impatient ! ne t'abandonne pas
A ces doux jeux, trop vains, de mirages : les bras
Qui voudraient enlacer ma beauté, restent vides ;
L'illusion qui fuit, aux sens d'amour avides,
Ne les satisfait point : ma bien-aimée en vain
J'attends ! Ah ! que ne puis-je, hélas ! presser sa main,
Entrevoir son manteau dans mon âme ravie !
Et des rêves trompeurs j'entrerai dans la vie !

De la félicité l'heure vient doucement,
Comme un rayon béni, du haut du firmament :
Ma bien-aimée alors, s'approchant d'un pied leste,
Réveilla son ami par un baiser céleste.

FLEUR D'HIVER.

Oui, partout, dans les campagnes,
Les prés, les toits, les montagnes,
Sont par la neige couverts :
Plus de lys, de fleurs écloses !
    Plus de roses !
Où voit-on les trèfles verts ?

Mon cœur sait une fleurette
Pleine d'attraits, point coquette,
Et que l'hiver n'atteint pas :
Oh ! que de plaisirs me donne
    Ma mignonne !
Des parfums marquent ses pas !

Avec l'aube, à sa fenêtre,
Que j'aime à la voir paraître !
Ses cheveux d'or, blond réseau,
Elle a tout : front pur qui penche,
    Et main blanche,
Taille souple, et chant d'oiseau !

Telle est ma fleur purpurine :
Yeux d'azur, beauté divine,
Plus fraîche que le printemps ;
Son moindre regard, dans l'âme
    Vous enflamme,
Et l'on y rêve longtemps !

Où donc fleurissent les roses ?
Où voit-on les fleurs écloses ?
Aux champs, hélas ! n'est-il rien ?
Va, trouve une joyeuse
    Amoureuse :
Elle te le dira bien !

LA VÉRITÉ.

Quatre filles s'aimaient, et filles de bon ton :
Ignis (feu) s'appelait la première, dit-on ;
(Onde) *aqua*, la seconde ; *aer* (air), la troisième ;
(Vérité) *veritas*, était la quatrième.
Celle-ci se trouvait dans un jardin vermeil,
Et brillait aux regards de même qu'un soleil.
Je soupire après vous bien souvent, leur dit-elle :
Où vous retrouverai-je en abaissant mon aile,
Alors que fatiguée, hélas ! d'un trop long vol,
Mes sœurs, pour vous revoir, j'irai cherchant le sol ?
Frappe la pierre fort, du seul bout de l'épée,
Et j'étincellerai quand tu l'auras frappée,
Feu dit ; puis à l'instant je serai près de toi.
Eau dit : Creuse la terre auprès des joncs pour moi,
Et tu me trouveras au fond, près des racines ;
Je te rafraîchirai de mes vertus divines.
Quand les feuilles, air dit, hélas ! murmureront,
Sur les branches au vent comme elles trembleront,
Tu connaîtras ma voix : je serai là présente.
Mais, dirent toutes trois, vérité, sœur aimante,

Et nous, où te trouver? Elle leur répondit :
Dans la peine, sans doute; adieu, je vous l'ai dit :
Le malheur sur mon front imprima trop sa trace;
Je n'ai pas un abri : chacun partout me chasse;
On ne me trouve point ici plus que là-bas.
Je fus chez les savants un jour porter mes pas :
Je les croyais humains; mais leur âme est impie,
N'est que mensonge, erreur, tendant à l'industrie;
Ils m'ont lié les mains, ensuite barbouillé
D'encre mon blanc visage, et jusqu'au front mouillé;
Ils m'ont presque aveuglée; enfin, que vous dirai-je?
Ils ont détruit mon teint et ma fraîcheur de neige;
Ils m'ont de leurs bouquins frappés avec fureur,
Mais à m'en rendre sourde et bête de frayeur;
Ils m'ont égratignée, hélas! de quelle sorte!
Par les cheveux traînée et jetée à la porte.
Elle allait ajoutant encore à son récit :
Un critique survint, la vérité s'enfuit!

CHANT DE L'ÉPÉE.

A M. Jules Cardoze.

———

Épée, à mon côté, que veut ton air joyeux ?
D'où te vient cet éclat que tu prends sous mes yeux ?
Ce regard amical si doux que je te trouve ?
Comme je suis heureux ! quel plaisir j'en éprouve !
        Hourra !

Un brave cavalier me porte : c'est pourquoi
Je brille ainsi galment et plus fière qu'un roi.
Je suis de l'homme libre une bonne défense !
Mon épée, oh ! je t'aime avec âme et constance :
        Hourra !

Je suis libre et je t'aime, oui, cordialement,
Avec sincérité, de l'amour d'un amant ;
Comme si nous étions mariés pour la vie,
Que tu serais pour moi ma fiancée amie :
        Hourra !

Je t'ai voué ma vie et brillante et de fer ;
Ah ! que ne sommes-nous donc mariés d'hier,
Dans tes bras, sur ton cœur, afin d'être pressée !
Oh ! dis, quand viendras-tu quérir ta fiancée ?

Hourra !

La trompette, avec bruit haut, annonce et prévient
L'aurore de la nuit nuptiale qui vient :
Quand, dans l'air, les canons hurleront en furie,
Alors j'irai chercher sans retard ma chérie :

Hourra !

O pur embrassement ! j'attends avec désir !
Viens, ô mon fiancé ! vite, viens me quérir !
Ma couronne est pour toi ; du fourreau sors-moi vite ;
Que je brille au combat : vois, déjà je m'agite :

Hourra !

Pourquoi dans le fourreau te mettre en cet état,
Toi si sauvage épée, heureuse du combat ?
Toi de fer claire joie, adorée et si forte,
Dis, pourquoi résonner ainsi, toi que je porte ?

Hourra !

Je résonne d'avance, ami, dans le fourreau,
De désir : oh ! pour moi que le combat est beau !
Il me rend à la fois sauvage et tant heureuse !
Si je résonne ainsi, je ne suis point peureuse :

Hourra !

Dans ta chambrette étroite, oh! reste encor, crois-moi;
Que veux-tu, ma chérie? A ma voix, calme-toi;
Reste dans ta cellule en silence, et tranquille;
Je t'en ferai sortir bientôt pour m'être utile :

Hourra!

Ne tarde pas : je veux briller dans chaque rang.
Oh! jardin d'amour, plein de fleurs rouges de sang,
Et puis de mort fleurie : au moins, daigne m'entendre,
Et ne va pas longtemps, hélas! me faire attendre :

Hourra!

Eh bien! de ton fourreau, sors, toi qui réjouis
Du cavalier les yeux par ta lame éblouis!
Sors, je vais te guider; mon épée, étincelle
Au sein de la demeure aimée et paternelle :

Hourra!

Qu'il fait beau! je suis libre, et que ce bien m'est cher!
Aux formidables rangs de la noce en plein air,
Comme sous les rayons du soleil qui l'enflamme,
L'acier avec amour fait reluire sa lame :

Hourra!

Courage! allons, courage! oh! hardis combattants!
Allons, courage! allons, cavaliers allemands!
Votre cœur n'est-il pas pris d'une ardeur brûlante,
Alors que vous serrez dans vos bras votre amante?

Hourra!

A la gauche d'abord à peine on la voyait :
Quel fut son désespoir ! comme elle en murmurait !
La fiancée était à la gauche et furtive ;
Dieu la mit à la droite : elle devint active :

> Hourra !

Libres, dans le combat soyez heureux et fier ;
Unissez votre lèvre à la bouche de fer
Amoureuse, et longtemps retenez-là pressée ;
Maudit celui qui va quittant sa fiancée :

> Hourra !

Laissez la bien aimée exhaler son doux chant ;
Etincelles, dans l'air jaillissez maintenant !
Le matin de la noce apparaît et se lève :
C'est le carnage affreux, sanglant, qu'il faut au glaive !

> Hourra !

DEMANDES.

Où sont les fraîches violettes,
　　Discrètes,
Qui souriaient si doucement,
Et que l'on voyait embaumant
De leur beauté, de leur haleine,
　　La plaine ?
Jeune homme, le printemps a fui,
Et les violettes aussi !

Où sont les lys, les belles roses
　　Écloses,
Que nous cueillions d'un pas léger,
Dont la bergère et le berger
Ornaient leur sein dans la prairie ?
　　Amie,
Les lys, les doux chants et l'été,
Les roses, tout est regretté !

Oh! viens ; montre-moi, dans sa course,
　　　　La source,
Dont l'onde allait caressant
Les violettes, en passant ;
Où se mirait la blanche étoile,
　　　　Sans voile.
Ah ! le soleil brûlant, et l'air,
Ont tari le ruisseau si clair !

Vers les tendres fleurs parfumées,
　　　　Aimées,
Oh ! conduis-moi sous le verger,
Où la bergère et le berger
Parlaient d'amour dans cet asile
　　　　Tranquille.
Effeuillé sous le vent trop fort,
Le bosquet a fini son sort !

Mais où donc est la jeune fille
　　　　Gentille,
Et qui, lorsqu'on la regardait,
Rouge et modeste, se baissait,
Timide, vers les violettes
　　　　Discrètes ?
Oh ! jeune homme, épanche tes pleurs
Sur la jeune fille et les fleurs !

Où donc enfin est le poète,
       Qui jette
Dans le cœur un attrait si beau ;
Qui chanta l'éclat du ruisseau,
Les violettes, la bergère
       Légère?
Jeune fille, ah ! — cris superflus, —
Le poète aux doux chants n'est plus !

———

VANITAS, VANITATUM, VANITAS.

I.

J'ai placé mon bonheur, Hohé, dans presque rien :
Ici–bas c'est pourquoi je me trouve si bien.
Que celui qui désire être mon camarade,
Trinque et chante avec moi, se verse une rasade.

II.

Dans la fortune, Hohé, j'avais mis mon bonheur :
Je perdis le courage, et la joie, et le cœur.
L'argent roulait par ci par là : joyeux apôtre,
Je l'attrapais d'un bord, je le perdais de l'autre.

III.

A voyager, je mis mon bonheur cette fois :
Hohé, j'abandonnai le pays; pour quel choix?
Partout un mauvais lit, nourriture étrangère,
Et nul ne me comprit, ô douleur trop amère!

IV.

Lors, je mis mon bonheur dans les femmes, Hohé;
Il m'en advint grand mal, et j'en fus étonné :
La fourbe me trompa! Mais que Dieu lui pardonne;
L'or ne put acheter ni séduire la bonne.

V.

Dans la gloire je crus mon bonheur plus certain :
Un autre sous mes yeux, sans mérite, en obtint.
Hohé, sur moi, chacun épuisait sa faconde;
Je ne sus convenir ni plaire à nul au monde.

VI.

Je cherchai donc la guerre avec joie et courroux :
Les batailles, Hohé, la victoire est à tous.
Nous ruinons le pays qui fut notre conquête;
J'y perdis une jambe, hélas! que je regrette.

VII.

J'ai placé mon bonheur, Hohé, dans presque rien,
Et je crois que le monde, à présent, est mon bien.
La ripaille finit; amis, videz les verres;
Hohé, surtout, buvons jusqu'aux gouttes dernières.

LA PROMENADE.

Des montagnes, salut, sommités empourprées !
Salut à toi, soleil ! à vous, cimes dorées !
Salut à toi, campagne ! ô verts tilleuls, à vous,
Dont j'aime dans les airs le murmure si doux ;
Aux chœurs, sur ces rameaux, que le zéphyr balance,
Paisible azur, qui ceint, dans un espace immense,
Et la colline sombre et la verte forêt.
Quand je quitte mon seuil pour venir, sans regret,
Te voir, m'entretenir enfin avec toi-même,
Un air rafraîchissant, balsamique, et que j'aime,
Me pénètre ; un éclat satisfait mes regards,
Les plus plus pures couleurs vivent de toutes parts,
Brillent dans la prairie et se fondent ensemble ;
La plaine me reçoit ; d'émotion je tremble :
L'abeille ici voltige ; on voit le papillon,
Sur les feuilles de trèfle ornant le frais gazon ;
Les rayons du soleil ruissellent sur ma tête ;
On n'entend aucun bruit, que la seule alouette,

Dont le chant vers l'azur du Ciel va s'élançant.
Mais la forêt murmure et me trouble en passant :
Des aulnes le feuillage avec amour se penche,
Et la brise, à travers leur parure si blanche,
Vient faire balancer les pointes de gazon :
Là, sont les doux parfums, l'ombre sous le rayon ;
A ses larges rameaux je reconnais le hêtre ;
Mais devant son abri ne faisons que paraître.
Dans les détours obscurs de la verte forêt,
Soudain le paysage à mes yeux disparaît,
Et je monte, plus loin, le chemin qui serpente
A travers les bosquets ; un coin du ciel me tente ;
Mais bientôt, en marchant, ce voile, sans détour,
Se déchire, et je suis dans la clarté du jour :
L'espace sous mes yeux s'étend, n'est point un rêve ;
Une montagne bleue à l'horizon s'élève ;
Dans les vapeurs, au bas du mont, et près de moi,
Se déroule la vague, à vous remplir d'effroi !
Partout l'immensité, sous mes pas, sur ma tête :
J'éprouve un sentiment de terreur inquiète ;
De quelque lieux que vont se tournant mes regards,
Le vertige me prend, et mes yeux sont hagards ;
Mais, dans ces profondeurs terribles, je découvre,
Encore tout tremblant, une route qui s'ouvre,
Une superbe allée, et des rives aussi,
Fécondes, devant moi se montrent : les voici.
Ces traits des laboureurs séparant les domaines,

Démétrius, dit-on, les traça dans les plaines ;
Puissance de la loi grande du Dieu du jour,
Gouvernant les mortels depuis qu'a lui l'amour.
Aux champs irréguliers que le Ciel illumine,
Qui touchent la forêt d'un bout, et la colline,
Se distingue une trace aux regards éblouis :
C'est la route qui joint entre eux plusieurs pays ;
Les radeaux vont flottant sur le fleuve paisible ;
Des troupeaux la clochette éveille l'air sensible,
Et du berger, l'écho répète les accords ;
Le village riant, du fleuve orne les bords ;
Les uns semblent cachés dans les arbres qu'on aime,
D'autres sont suspendus aux flancs du coteau même ;
L'homme habite au milieu de ces champs ; le sillon
Entoure de réseaux sa rustique maison !
Sa fenêtre, de pampre aux bras verts se couronne,
L'arbre étend ses rameaux sur son toit, qui rayonne.
Fier habitant des champs, oh ! dans ta puberté,
Toi que n'éveilla point le cri de liberté,
Tu suis gaîment les lois que le Ciel t'a prescrites ;
Au retour des moissons, en ton cœur tu palpites ;
Le cercle de ta vie a de beaux jours enfin !
Mais qui vient m'arracher à cet aspect serein ?
Quel esprit étranger, campagnes, vous maîtrise ?
Ce que l'affection unissait se divise,
Et l'on ne cherche plus partout que son égal !
Je vois des castes, là, se formant dans le val ;

Les hauts peupliers vont, en pompe irrégulière,
Suivant, majestueux, la règle égalitaire.
A la loi tout se plie, et, sans exception,
Tout doit avoir, je crois, son explication.
Une escorte de serfs ici vient d'apparaître,
Et de ces lieux me dit, hélas! quel est le maître!
Il s'annonce éclairé de coupoles toujours,
Par les villes en rocs et couvertes de tours ;
Dans le fond des forêts on repousse le faune,
A travers le genêt d'Espagne à la fleur jaune ;
La prière est l'encens doux de la piété.
L'homme, de l'homme a fait déjà son amitié :
Plus il se rétrécit, plus son cercle s'anime ;
En lui le monde entier et se meut et s'abîme.
Les forces, ardemment, luttent dans les combats,
Et leur lutte produit, à travers le trépas,
Des choses à citer. Leur alliance encore
En produit chaque jour ; cela, nul ne l'ignore ;
Un même esprit soutient plus d'un millier de bras ;
Un même cœur brûlant palpite en ces climats,
D'une pensée ardente en toutes les poitrines,
S'enflammant pour les lois de nos aïeux, divines ;
Leur cendre vénérée est sur ce sol chéri.
Les dieux sont descendus du ciel, ce pur abri,
Ont établi, quittant la hauteur azurée,
Leur demeure dans une enceinte consacrée ;
Ils viennent apportant des dons bien précieux :

La charrue et Cérès se montrent à nos yeux ;
On voit Hermès ensuite, et l'ancre du commerce ;
Bacchus, avec la vigne et son jus qui nous berce ;
Minerve, avec les frais rameaux de l'olivier,
Et Poseidon avec le cheval du guerrier.
Dans son char, attelé de lions, vient Cybèle,
Et le droit de cité se réserve pour elle !
Pierres saintes, hélas ! vous avez abrité
Les guides, les tuteurs que vit l'humanité,
Tous les arts répandus dans les lointaines plages ;
Près ces portes, ont dit leurs sentences les sages.
Les héros, aux combats se sont précipités,
Pour défendre leurs dieux pénates écoutés ;
Sur les murs on voyait les enfants et les mères,
De loin suivant l'armée, et des pleurs aux paupières ;
Et sitôt qu'elle était disparue au lointain,
Ils s'agenouillaient tous aux autels du destin,
Imploraient le succès, le retour et la gloire ;
Vous obteniez alors l'honneur de la victoire.
Mais, ô braves guerriers ! vous ne reveniez pas :
La pierre seule dit votre vaillant trépas.
A Sparte, voyageur, dis qu'elle les couronne ;
Que tu les a vu morts, tels que la loi l'ordonne !
Oh ! reposez en paix, héros que l'on bénit !
Baigné de votre sang, l'olivier reverdit ;
La semence fleurit où rampait la couleuvre ;
L'industrie aux cent bras se met ardente à l'œuvre :

Le dieu des lacs l'attend près son lit de roseaux ;
La hache entre en sifflant dans les pins, les bouleaux ;
La dryade soupire, et l'arbre, en la campagne,
Tombe avec grand fracas du haut de la montagne ;
On enlève la pierre, on va coupant le roc ;
Le marteau retentit sur l'enclûme, et du choc,
De l'acier pur on voit jaillir des étincelles,
Sous une main nerveuse et brûlante comme elles ;
Le lin doux et soyeux entoure le fuseau ;
Le navire se meut par des cordes dans l'eau.
Sur la rade, quel cri ! c'est la voix du pilote :
Avec impatience on apprête la flotte,
Qui doit porter au loin le produit du travail ;
D'autres sont de retour, pleins d'or et de corail,
Apportant les objets d'une lointaine grève ;
La guirlande de fête en haut des mâts s'élève ;
Les places, les marchés sont de monde remplis :
Que de parlers divers ! l'on écoute surpris !
Le marchand montre aux yeux les moissons de la terre,
Celle venant d'Afrique, où le soleil altère,
De Thulé, d'Arabie, au tendre azur des cieux ;
La corne d'Amalthée et ses dons précieux.
La fortune, pour lors, anime de chaque être
L'imagination, qui s'efforce à paraître.
La liberté toujours fit développer l'art :
Le sculpteur, vers son œuvre, attire le regard,
Sur ce qu'il imita dans la nature immense ;

A la pierre, un ciseau peut donner l'éloquence :
Sur les fûts ioniens repose un ciel aimé,
Et dans le Panthéon l'Olympe est renfermé.
Le pont est au-dessus des torrents en écume ;
C'est l'arc-en-ciel d'Iris, plus léger qu'une plume !
Retiré dans un lieu paisible, le savant
Cherche la loi du pôle et de son mouvement.
L'écriture prend corps de la pensée en verve ;
Une feuille éloquente aux siècles la conserve ;
Le voile de l'erreur se dissipe et s'enfuit :
La lumière a chassé les spectres de la nuit !
Le mortel, d'un seul coup, rompt ses fers sans contrainte ;
Mais heureux, si, brisant les chaînes de la crainte,
Il savait respecter, sagesse, tes liens ;
Liberté ! va criant la raison, et tu viens.
Les aveugles désirs sortent de la nature ;
Dans la tempête l'homme a brisé l'ancre sûre
Qui pouvait prudemment le retenir au port :
Le torrent écumeux l'entraîne loin du bord,
La rive disparaît, et, sans mât, la nacelle
Se balance en glissant dans la vague cruelle ;
Les étoiles ont fui sous la noire vapeur.
Rien ne reste ; tout est confusion, terreur :
La vérité n'est plus, hélas ! dans le langage ;
Le serment est trompeur, la foi n'a plus de gage ;
Le Sycophante va pénétrant dans le cœur
Les secrets de l'amour, et séparer, horreur !

L'ami de son ami ! La trahison regarde,
D'un œil perfide et faux, l'innocent que Dieu garde ;
Du calomniateur la dent vous blesse à mort ;
Les plus lâches pensers sont l'unique ressort ;
L'amour des sentiments rejette la noblesse,
Le mensonge affublé prend des airs de sagesse,
Et profane les voix que le cœur altéré
Recherche, dans l'élan de sa joie égaré.
De pure émotion il en est peut-être une ;
D'équité seulement l'on parle à la tribune ;
On parle d'union sous le chaume, et des lois
Le fantôme est debout près du trône des rois.
Ce squelette vivant, cette sombre momie,
Cette image trompeuse et fausse de la vie,
Peut subsister, hélas ! des siècles en entier,
Jusqu'à ce que le temps, au jugement altier,
Brise le monument imposteur et l'outrage ;
Jusqu'à ce que, pareil au tigre, plein de rage,
Qui, voulant ses forêts de Numidie et l'air,
D'un bond, en rugissant, rompt ses grilles de fer.
L'humanité se lève alors avec colère,
Dans la rage du crime, et puis de la misère,
Cherche à te retrouver, nature, en son courroux,
Dans une ville en cendre ! O prisons, ouvrez-vous !
Laissez le prisonnier retourner aux campagnes.
Où suis-je ? Le sentier n'est plus, et des montagnes,
Des abîmes sans fond, tiennent mes yeux saisis ;

Enfin, derrière moi, sont des jardins fleuris.
La trace des travaux faite par l'homme même,
La matière partout attend le feu suprême;
Le basalte, la main qui doit le façonner.
Le torrent, à sa course, aime à s'abandonner
A travers les rochers, les racines sans nombre!
Mais tout dans la nature est effrayant et sombre :
Sous le ciel nuageux on voit l'aigle planer.
O bruits humains! nul vent ne passe vous glaner :
Hélas! suis-je donc seul? Je me revois, nature,
Dans tes bras, sur ton cœur; vainement je murmure :
Ce n'était, je le vois, qu'un rêve douloureux,
S'enfuyant de la vie et des objets affreux.
Oh! comme à ton autel s'épanouit mon âme!
Je reprends confiance, heureuse et pure flamme!
La volonté vous change, ô but trop séduisant!
Sans fin, nos actions vont se reproduisant.
Toi seule peux avoir une beauté nouvelle;
Tu conserves toujours ta jeunesse éternelle,
Et tu gardes à l'homme, en ton sein triomphant,
Ce que t'ont confié le jeune homme et l'enfant.
Ta tendresse pour tous les âges est la même;
Sous la même verdure et sous l'azur qu'on aime,
Se succèdent sans fin les générations.
Voyez l'astre du jour et ses brillants rayons,
Nous souriant du ciel dans sa vive lumière :
C'est encor le soleil qui réchauffait Homère.

LA FILEUSE.

Tranquille, je filais tout auprès de ma porte;
Un bel homme passa; ses yeux, de telle sorte
Me sourirent, qu'alors mes doigts furent distraits.
Soudain, mille rougeurs sur mon front se pressèrent;
Mon cœur en fut troublé, mes regards se baissèrent:
      J'étais honteuse, et je filais!

Avec grâce il me dit : Eh! bonjour donc, la belle!
Et de moi s'approcha. Dieu! ma peur fut réelle :
Le fil se cassa net; malgré moi je tremblais.
Mais comme son regard était charmant et tendre!
Sur ma chaise appuyé, je crois encor l'entendre :
      J'étais honteuse, et je filais!

Il loua mon fil fin, et sa bouche vermeille
Murmura quelques mots flatteurs à mon oreille.
Le bel homme, à sa voix me conquit; je brûlais.
Douce fille, dit-il. Je sentis son haleine :
Sans le vouloir, ma joue a rencontré la sienne :
      J'étais honteuse, et je filais!

Je me fâchai vraiment, et lui dis de se taire ;
Mais il se prit à rire et fut plus téméraire,
M'embrassa de nouveau ; je voulus appeler :
J'en étais pourpre au moins de voir un tel délire ;
Mes sœurs, j'étais confuse et ne savais que dire :

Pouvais-je bien encor filer ?

LE MOISSONNEUR.

Il est un moissonneur qui s'appelle la mort ;
Dieu, dans sa volonté, le fit puissant et fort :
Il aiguise aujourd'hui sa faucille ; elle est prête,
Et coupe mieux : bientôt, sortant de sa maison,
Il va se mettre en train, commencer la moisson.
Prends garde à toi, fleurette !

Ce qui se trouve vert et rempli de fraîcheur,
Demain ne sera plus qu'un objet sans couleur :
Narcisses, hyacinthe, aussi la turque ambrette,
Il n'épargnera rien ; combien seront surpris !
Au hasard, qui par ci, qui par là, tout est pris.
Prends garde à toi, fleurette !

Sous sa faulx vont tomber plus de cent mille fleurs :
Vous, roses, et vous, lys orgueilleux, que de pleurs !
Le cruel moissonneur vous fera sa conquête ;
Il viendra', sans compter, vous couper nuit et jour ;
Même l'impériale aura bientôt son tour.
Prends garde à toi, fleurette !

La véronique bleue, à la couleur de ciel,
Succombe, à peine éclose, à son souffle mortel;
Et la tulipe blanche et jaune, et la clochette
Aux coroles d'argent, sous son pouvoir subtil,
Tombent; et la jacée! Oh! qu'en adviendra-t-il?
　　　Prends garde à toi, fleurette!

Vous, lavandes, et puis, vous aussi, romarins;
Vous, de toutes couleurs, rosettes des jardins;
Vous, basilics frisés; vous, tendre violette;
Et vous, fières iris, au teint frais et vermeil,
Il viendra sans pitié vous ravir au soleil.
　　　Prends garde à toi, fleurette!

Je te défie, ô mort! viens, je ne te crains pas!
Oui, viens! Pourquoi trembler? que m'importe ton glas?
Si, d'un seul coup, je tombe en mon humble retraite,
Je serai transplantée où nous aspirons tous,
Dans le jardin céleste, où l'air est pur et doux.
　　　Réjouis-toi, fleurette!

LE BRAVE HOMME.

Que du brave homme au loin la chanson retentisse ;
Comme des sons de cloche et d'orgues, qu'elle glisse,
    Claire et sonore, dans les airs.
Le chant, et non pas l'or, récompense en son âme
    Celui que le courage enflamme,
Et je puis chanter haut le brave homme en mes vers !

De la mer le vent souffle au dégel ; sombre, humide,
Il vient de l'Italie ; et, dans son vol rapide,
    Les nuages vont le fuyant.
Ainsi que des moutons, quand le loup se présente,
    Tout fait connaître la tourmente :
La glace, sur les lacs, crie, et va se brisant !

Des montagnes, la neige et se fond et culbute,
Et l'on entend des eaux bruire au loin la chute ;
    Un lac couvre les prés là-bas,
Et le fleuve grossit, monte, avance, effroyable ;
    Abandonnant leur lit de sable,
Les flots roulent des rocs de glace avec fracas !

Sur maints piliers massifs, sur maints arcs de muraille,
S'élève un large pont tout en pierres de taille;
   Et dans ce milieu, quel effroi!
Est une maisonnette, où le gardien habite
   Avec enfants et femme. Oh! vite,
Gardien, vite, gardien, sans retard, sauve-toi!

Autour de la maison hurlent flots et tempête :
Le gardien, sur les toits, monte l'âme inquiète.
   Ayez, grand Dieu! pitié de nous;
Dans l'aveugle fureur de l'affreuse tourmente,
   Oh! daignez voir notre épouvante :
Qui donc nous sauvera, grand Dieu! si ce n'est vous?

Les glaçons, coup sur coup, vont roulant dans la plaine,
Et de chaque côté, soudain le fleuve entraîne
   Un arc de pont dans son élan.
Gardien, enfants et femme, hurlent, dans leur surprise,
   Plus que les vagues et la brise :
En vain leurs cris au bruit des flots vont se mêlant!

Les glaçons, coup sur coup, roulent; de droite à gauche
Un pilier a tombé; l'onde brise la roche;
   La maison tremble, ô sort affreux!
Et la destruction l'a déjà menacée :
   Elle est par la mer enlacée;
Quel péril! Dieu du Ciel, oh! prenez pitié d'eux!

Déjà, sur le rivage, est une foule immense :
On voit grands et petits accourir; tous, d'avance,
  Vont criant, se tordant les mains ;
Mais le sauveur n'est pas encor dans cette foule.
  Au secours, répète la houle.
Du gardien et des siens les hurlements sont vains !

Quand retentiras-tu, dis, chanson du brave homme,
Ici claire et sonore? Oh! que ma voix le nomme
  Devant tous, sans tarder. Eh bien!
Nomme-le donc, mon chant; brave homme, parais
  La maison sera tôt détruite;
Parais vite, autrement tu ne pourras plus rien !

Un noble comte arrive au galop, hors d'haleine;
Que tient en l'air sa main? C'est une bourse pleine
  D'or et d'argent, qu'il montre aux yeux;
Puis il va criant fort, par instant, ces paroles :
  Allons, amis, deux cents pistoles
A celui qui voudra sauver ces malheureux !

Mais quel est le brave homme, enfin, est-ce le comte?
Dis, mon chant, est-ce lui dont la course fut prompte?
  Le comte est bon, oui, sur ma foi;
Mais plus que lui j'en sais bien un meilleur : brave h(
  Qu'avec fierté ma voix te nomme;
La destruction vient, brave homme, montre-toi !

Les flots montent toujours, le vent souffle avec rage,
Et plus faible devient chaque fois le courage.
      Arrive donc vite, ô sauveur !
Mais, hélas ! un nouveau pilier cède et se brise ;
      Sous les vagues et sous la brise,
Les arcs vont se rompant et craquant. O douleur !

Allons, courage ! allons, les mains du comte agitent
Le prix ; mais tous l'ont vu pourtant, et tous hésitent :
      Entre mille il n'en sort pas un.
Vainement, du gardien, des enfants, de sa femme,
      La voix, dans l'air, hurle et réclame
Du secours à travers le tumulte commun !

Voyez un paysan s'approcher du rivage ;
Il est fier ; sa main tient le bâton de voyage ;
      Sa veste est grossière : où va-t-il ?
Que sa démarche est belle, et calme sa figure !
      De lui chacun a bon augure ;
Il écoute le comte, et fixe le péril !

Et hardiment, au nom de Dieu, soudain il saute
Dans une barque frêle, et que le vent ballotte.
      Malgré les flots et les tournants,
Il arrive bientôt près du toit, qui chancelle ;
      Mais trop petite est la nacelle,
Et la famille, hélas ! ne peut entrer dedans !

8

Trois fois, malgré les vents, dans son esquif fragile,
Il glisse sur les flots ainsi qu'une aile agile ;
    Trois fois le succès est à lui.
Les voilà donc sauvés d'une mort trop certaine ;
    Mais le dernier l'est-il à peine,
Que le dernier débris du pont est englouti !

Dis, quel est le brave homme ? Oh ! dis, ma lyre amie !
C'est vrai, le paysan n'a pas craint pour sa vie ;
    Mais il s'est risqué pour de l'or :
Si le comte n'eût pas offert de récompense,
    Le paysan, sur l'onde immense,
Au milieu du danger n'eût pas pris son essor !

Tiens, dit le comte, tiens, ami, prends cette bourse,
Pour te récompenser du péril de ta course,
    Entre tous de ton noble élan !
N'est-ce pas bien ? Le comte a l'âme grande et pure.
    Oui ; mais, sous sa veste de bure,
Plus divin est encor le cœur du paysan !

Ma vie, oh ! lui dit-il, comte, n'est pas à vendre ;
De ce que vous m'offrez je ne saurai rien prendre :
    Que votre or soit pour le gardien,
Qui perdit son argent, et qui n'a plus son gîte.
    Adieu, lui dit-il, je vous quitte ;
Puis aussitôt il part, sans avoir voulu rien !

Du brave homme, chanson, retentis claire; passe;
Comme des sons de cloche et d'orgue, dans l'espace.
Le chant qui monte vers le ciel,
Le chant, et non pas l'or, récompense en son âme
Celui que le courage enflamme,
Et je puis rendre ici le brave homme immortel !

TRADUCTION DE POÉSIES ITALIENNES.

(PÉTRARQUE.)

PROÉMIUM.

SONNET.

Vous qui prêtez l'oreille, attentifs, à mes rimes [1],
Aux accents des soupirs dont j'allaitais mon cœur,
Dans les égarements de ma jeunesse en fleur,
Quand j'étais un autre homme, et plein d'erreurs sublimes;

Pour ce style où je pleure en mes pensers intimes,
Qui flottent de l'espoir à la vaine douleur,
Je crois trouver pitié, pardon, dans mon malheur,
Chez ceux qui, de l'amour, ont connu les abîmes.

Mais aujourd'hui je vois, oui, je vois bien comment,
De tous je fus la fable, hélas! aussi souvent!
Seul, en face de moi, j'ai honte de moi-même!

[1] Pétrarque appelle rime les vers rimés en langue vulgaire,
et versi les vers latins mesurés.

Et de mes vanités , tel est le fruit suprême ,
Avec le repentir et la conviction
Que tout n'est ici-bas que songe et vision !

CANZONE II.

**A Jacopo Della Colonna, pour l'exhorter à prendre part
à la croisade.**

———

Toi qu'on attend au ciel, belle et bienheureuse âme,
Qui marches inspirée à la divine flamme,
De notre humanité vêtue en ce bas lieu,
Et non de fers chargée, ô servante de Dieu !
Pour que te soient moins durs les sentiers et la route
Qui mènent d'ici-bas à la céleste voûte,
Voici que, récemment, ta barque, sur le flot,
A de l'aveugle monde, en s'éloignant tantôt,
Senti le doux secours d'une brise bien pure,
Qui saura la guider de la vallée obscure,
Où nous versons des pleurs sur nous et sur autrui,
Vers l'orient sacré d'où le jour nous a lui.
Hélas ! peut-être bien les dévotes prières,
Quelquefois des mortels les larmes trop amères,
Ont-elles pu monter jusqu'au suprême Roi ;
Et peut-être jamais, dans leurs œuvres, leur foi,

8*

Ne purent-elles faire, en leur grandeur si belle,
Dévier de son cours la justice éternelle.
Mais le Maître du Ciel, le puissant Roi des rois,
Regarde vers les lieux où Jésus fut en croix.
A Charles, dans le sein il souffle la vengeance,
Dont le retard trop long fut à notre espérance
Si cruel, que l'Europe en soupira longtemps.
Et c'est ainsi qu'il vint en aide, dans le temps,
A son épouse chère : au son de sa voix vive,
Babylone en frémit et demeura pensive !

Chaque mortel vivant près le Rhône ou le Rhin,
La Garonne et les monts, suivra, dans leur chemin,
Les étendards chrétiens ; tous ceux qui, de mémoire,
Eurent jamais souci d'une réelle gloire,
Des monts pyrénéens au dernier horizon,
Déserteront l'Espagne ainsi que l'Aragon,
Les îles d'Angleterre, et que l'Océan baigne,
Entre le charriot, sans que nul les contraigne ;
Les colonnes aussi, jusqu'où, dans son essor,
D'Hélicon la doctrine, au loin résonne encor.
Oui, ces pays ont vu, dans leurs divers langages,
Leurs habitants, parés d'armures de tous âges,
Marchant pour conquérir au loin la vérité,
Éperonnés au cœur du trait de charité !
Quel légitime amour sur les vagues jalouses,
Et quels enfants jamais, ou bien quelles épouses,

Devinrent le sujet d'un si juste courroux !
Une partie, hélas ! du monde, loin de nous,
Dans la neige gelée, est encor, et la glace,
Où jamais le soleil ne rayonne et ne passe.
Eh bien ! là, sous des jours courts, nébuleux, épais,
Naît un peuple, dit-on, ennemi de la paix,
Et pour qui le trépas est sans horreur aucune.
Si cette nation de sauvage infortune,
Plus dévote qu'avant, prend l'épée en ses mains,
Avec une fureur tudesque ; Chaldéens,
Turcs, Arabes, et puis tous ceux qui se confient,
Par devers la mer sombre, aux images qu'ils prient,
Elle saura bientôt tout ce que vaut alors
Cette race qui vit nue, et qui, sur ses bords,
Ne dégaîna jamais le fer, dont les victimes
Expirent au grand jour, où se font tous ses crimes !
Donc, voici l'heure enfin, amis, et le moment,
Au tyrannique joug de soustraire vraiment
Notre col, sans détour de déchirer le voile
Qui cachait à nos yeux la clarté, pure étoile.
Il faut que le génie, en la grâce du Ciel,
Qui possède les dons d'Apollon l'immortel,
Et l'éloquence aussi, dans ses traits généreuse,
Autant avec la langue ou l'encre glorieuse,
Fassent voir leurs vertus se réveillant ce jour.
Si tu ne te sens point émerveiller d'amour,
A parler longuement d'Amphion et d'Orphée,

Il suffira, pour lors, que l'Italie aimée,
Avec ses fils, s'éveille au son de tes discours;
Si bien que pour Jésus, hélas! notre recours,
Elle mette en arrêt la lance avec colère.
Et dans ce jour enfin, si cette antique mère
Connaît la vérité, ses querelles, je crois,
Pour elle n'auront point jamais eu de tels droits.
Toi qui, pour un trésor, a rendu tes yeux ternes,
Remué les écrits antiques et modernes,
Montant au ciel avec le terrestre fardeau;
Depuis le règne éteint du fils de Mars, si beau,
Jusqu'à ce grand Auguste, à l'âme noble et pure,
Et qui, du vert laurier, orna sa chevelure,
Trois fois en triomphant; combien, et que de fois,
Oui, pour venger d'autrui les injures, les droits,
Rome fut de son sang prodigue et généreuse!
Qu'elle ne le soit plus; mais, prudente et pieuse
Pour le fils de Marie, aille, avec ce martyr,
Venger les maux cruels que l'on lui fit souffrir.
Que peuvent espérer des moyens de défense
Humains, les ennemis? Enfin, de la balance,
Que croit-elle? L'armée a vainement osé,
Si le Christ est pour nous à leurs rangs opposé!
Souviens-toi de Xercès, qui, dans son entreprise,
Pour opprimer nos bords, surchargea, sous la brise,
Les flots marins de ponts inconnus de nous tous!
Tu verras, par la mort même de leurs époux,

Les Persanes en deuil et leur âme chagrine!
En rouge teints aussi les flots de Salamine!
Crois-moi, du malheureux peuple de l'Orient,
Ce n'est point cet échec désastreux seulement
Qui te promet sur lui l'honneur de la victoire,
Mais Marathon encore, et de fraîche mémoire,
Les mortels défilés que tint le fier lion
Sous son génie, avec si peu d'hommes, dit-on;
Et mille autres combats dont tu fis la lecture.
Il faut donc que souvent, comme une flamme pure,
Notre esprit, devant Dieu, se montre satisfait
D'avoir gardé tes jours pour un si grand bienfait!

O chanson! tu verras le Ciel de l'Italie,
La rive qu'à mes yeux et sacrée et fleurie,
Ne me dispute point fleuve, montagne ou mer;
Mais amour, amour seul, dont le regard si cher,
De plus en plus me trouble et me charme, à mesure
Que j'en suis consumé! Je le vois, la nature,
Contre habitude prise, hélas! ne peut tenir.
Va donc, n'égares pas la troupe, sans pâlir,
Ni tous ceux que l'amour ne tient pas sous son voile,
Et le rire et les pleurs viennent de cette étoile.

LE TRIOMPHE DE LA MORT.

I.

Cette attrayante dame, et glorieuse et fière,
Qui n'est plus qu'un esprit et qu'un peu de poussière,
Qui se trouvait naguère un corps beau de vertu,
Joyeuse revenait d'avoir enfin vaincu,
Dans la guerre, avec feu, qu'elle avait entreprise,
Cet ennemi si grand, qui, par ruse, surprise,
Allait envahissant le monde tout entier,
N'ayant dans ce combat eu d'autre emploi guerrier,
D'autres armes, ou traits, que sa chasteté même,
Les pudiques pensers, et sa beauté suprême,
Et son sage parler, ami du doux savoir.
Oh! c'était en ces lieux un miracle de voir
Les armes de l'amour en morceaux, arcs et flèches,
Et tous ceux qu'il avait tués, aux lèvres sèches,
Et ceux qu'il avait pris vivant en ce séjour!
La belle dame, avec ses compagnes d'atour,
En revenant après de leur noble victoire,

Venait de s'assembler en cohorte de gloire;
Elles étaient fort peu : leur nombre était petit,
Car la gloire réelle est rare, à ce qu'on dit.
Mais chacune semblait digne par elle-même
Du plus divin et du plus éclatant poème !
Leur enseigne montrait, sur un char vert enfin,
Un agneau blanc portant un collier d'or fin;
Leur démarche n'avait rien des êtres frivoles,
Et je la crus divine, ainsi que leurs paroles.
Bienheureux est celui qui naquit pour ce sort!
Toutes, elles semblaient, dans le suprême port,
Des étoiles d'azur, avec, au milieu d'elles,
Un soleil rayonnant, qui les rendait plus belles,
Loin de les éclipser par l'éclat de ses feux ;
Elles avaient des lys, des roses aux cheveux,
Et, comme un noble cœur, quand l'honneur le comporte,
Joyeuse, avec fierté, venait cette cohorte;
Lorsque je vis soudain, en l'air, se déployer
Une bannière obscure, et qui vint m'effrayer :
Dans un noir vêtement apparut une dame,
Montrant une fureur si grande, qu'en mon âme
Je doutais s'il en fut de pareille jamais
Dans la ville de Phlègre, au temps des géants! Mais
Elle dit : Toi qui viens, dame, avec allégresse,
Superbe de beauté, de fraîcheur, de jeunesse,
Ignorant de ta vie et l'issue et l'espoir,
Race pour qui la nuit arrive avant le soir,

Tremble devant mes pas aveugles ! Je suis celle
Que l'on appelle en vain importune et cruelle.
J'ai conduit au trépas le peuple des Troyens ,
La nation des Grecs et celle des Romains :
Avec l'épée ici dont ma main est armée ,
Et qui sait et couper et percer, enflammée ;
D'autres peuples encor, barbares étrangers ,
Dans leur orgueil, par moi se virent outragés.
Maintenant, c'est sur vous, au moment où la vie
Vous charme de ses dons , que je cours en furie,
Avant que l'infortune ait à votre douceur
Mélangé l'amertume et trompé votre cœur !

Sur celle-ci , tu n'as ni pouvoir ni puissance,
Et sur moi tu n'en a pas guère plus , je pense ;
Mais sur cette dépouille inerte seulement ,
Lui dit celle qui fut mon unique tourment.
Je sais une personne, autre intime, et connue ,
Qui sera, plus que moi, chagrine , en pleurs , émue ;
Car son salut dépend de mes jours. Quant à moi,
Grâces à qui me sort d'ici-bas , lieu sans foi.
Tel celui qui contemple une chose nouvelle ,
La voyant rayonner à ses yeux pure et belle ,
S'émerveille tantôt dans son absorption ,
Et puis tantôt résiste à son impression !

La mort se montra telle en dissipant le doute ;

Je les reconnais bien, s'écria-t-elle; écoute :

Je sais l'époque juste où les mordit ma dent.

Ensuite, avec un œil farouche et plus ardent,

Elle dit : Quant à toi, guidant cette cohorte,

Tu n'as jamais senti mon contact de la sorte;

En mon opinion ne va pas te fier,

Car je puis la contraindre à se modifier.

La meilleure est toujours d'éviter la vieillesse,

Avec les mille ennuis que son approche laisse;

Tu me vois disposée à te faire un honneur

Que je n'ai jamais fait : je veux que sans frayeur,

Et sans souffrance enfin, ton œil devienne terne!

Comme il plaît au Seigneur, qui, dans le Ciel gouverne

L'univers en entier, et dont il est le Roi!

Hélas! ce qui fut fait des autres, fais de moi.

Ainsi répondit-elle; et voici la campagne

Déjà pleine de morts, sans nombre, de l'Espagne,

De l'Inde, de Maroc, puis aussi de Cathai.

Cette foule venue, et que je contemplai,

Encombrait les côtés, le milieu de la plaine;

Là se trouvaient tous ceux nommés heureux sans peine :

Pontifes, Empereurs, et Rois se récriant,

Les voici là, tout nus, pauvres et mendiants.

Où sont donc à présent les richesses chéries

Et les marques d'honneur? Où sont les pierreries,

Les mitres aux couleurs purpurines encor,

Et les sceptres d'ivoire, et les couronnes d'or?

Malheur à ceux qui vont mettant leur espérance
Aux choses d'ici-bas! Leur âme est en souffrance;
S'ils se trouvent trompés, c'est justice pourtant :
Quel plaisir trouvez-vous à vous fatiguer tant!
Mortels, voyez le sein de la commune mère :
A peine votre nom surgit sur l'onde amère,
Et de ces mille soins il en est tout au plus
Un seul qui soit utile à vos bruits superflus;
Que de la vanité tout autre soin est dupe!
Dites, comprenez-vous le but qui vous occupe?
A quoi sert, sous le joug, de vouloir tout ranger,
Tant de pays divers, chaque peuple étranger,
En ayant des esprits animés à leur perte?
Après cette entreprise et cette guerre ouverte,
Et lorsqu'à prix de sang on a payé de l'or,
On trouve le pain, l'eau, beaucoup plus doux encor,
Et le verre et le bois plutôt qu'un diadème.
Mais, pour ne pas longtemps suivre un aussi long thème,
Ici je m'en reviens à mon premier sujet.
L'heure extrême arrivant pour chacun, faible objet,
Et le passage affreux qui fait trembler le monde,
Des dames, pour la voir, s'en vinrent à la ronde.
Ces esclaves du corps voulaient au moins savoir
Si la mort compâtit quelquefois à l'espoir,
Et cette compagnie était là rassemblée
Pour voir l'unique fin par elles contemplée,
Qu'il convient seulement de connaître une fois;

Toutes se disaient sœurs, la flattaient de la voix.

Alors, avec sa main, la mort froide, qui guette,

Enleva l'ornement de cette blonde tête :

Du monde ainsi choisit la plus charmante fleur,

Non par haine pourtant, mais par esprit vainqueur ;

Pour mieux montrer au jour son pouvoir, sa colère,

Même sur ce qu'il est de plus beau sur la terre.

Que de gémissements lors furent entendus !

Que de sanglots amers ! que de cris superflus !

Tandis qu'étaient sereins ces jolis yeux qu'on aime,

Ces yeux dont j'ai chanté l'éclat doux et suprême,

Parmi tant de soupirs et de déchirements,

Comme la vague, hélas ! qui rugit par moments,

Là, seule, elle siégeait contente et recueillie,

Et récoltant déjà les doux fruits de sa vie.

Oh ! toi, divinité mortelle, vas en paix,

Disait-elle, et vraiment en était digne ; mais

Cela lui servit peu contre la mort barbare,

En ses façons d'agir, en délais tant avare !

Des autres, que sera-ce, hélas ! si celle-ci,

En peu de nuits brûla, se trouva froide aussi ?

Oh ! des faibles mortels espérances menteuses !

Météore furtif, rayon, lueurs trompeuses !

Oh ! si la terre fut baignée à flots de pleurs,

Par l'attendrissement, même qu'en ses douleurs

Excitait à l'entour cette âme noble et pure,

Qui l'a vu le sait bien, ce ne fut qu'un murmure :

Pense-le, toi pour qui mon récit est subtil.
C'est le sixième jour, première heure en avril,
Où je fus pris jadis dans la chaîne commune,
Et qui m'a délivré : voici bien la fortune !
Nul ne s'est jamais plaint des fers ni de la mort,
Autant que moi des biens gardés malgré le sort.
Oui, l'on devait au monde, on devait à mon âge,
De me faire partir devant : c'eût été sage,
Vu que j'étais premier dès que son bras frappait,
Et ne point lui ravir le rang qu'elle occupait.
Quelle fut ma douleur, et qui pourrait la dire?
J'ose à peine en parler, y penser ou l'écrire.
Vertu, puis courtoisie et beauté, ne sont plus !
Les belles dames, là, dans leurs vœux superflus,
Auprès du chaste lit, souvent disaient entre elles :
Que sera-t-il de nous, ô souffrances cruelles?

Qui donc, en une dame, hélas ! verra jamais
Les sentiments unis à des actes parfaits?
Entendra ce parler fécond, mais sage, unique,
Et cette voix, ce chant, pleins de charme angélique?
L'esprit et les vertus, en quittant ce beau sein,
Avaient de ce côté rendu le ciel serein.
Les esprits ennemis n'osèrent apparaître,
Sous l'aspect ténébreux où se cache leur être,
Jusqu'à ce que la mort eût fourni son assaut.
Quand, mettant de côté plainte et frayeur, bientôt

Chacune contempla le visage suprême,
Le désespoir alors les apaisa lui-même;
Non semblable à la flamme éteinte, en y soufflant,
Mais à celle qui va sans bruit se consumant;
De même s'en alla l'âme en paix et prière,
Ainsi qu'une suave et brillante lumière
Qui, manquant d'aliment, et, montant vers le ciel,
Conserve son éclat vivace, habituel.
Plus blanche que la neige, et qu'aucun vent n'incline,
Qui floconne sans bruit au haut d'une colline,
Plus pâle cependant, elle semblait, à voir,
Un être fatigué se reposant le soir.
Ce qu'on nomme mourir dans notre bas asile,
Se montrait dans ses yeux comme un dormir tranquille;
Même lorsque l'esprit, d'elle était séparé,
Non, elle n'avait rien d'effrayant, d'égaré.
A son dernier moment, amis, je rends hommage :
Que la mort paraissait belle sur son visage !

II.

La nuit après l'horrible et noir événement,
Qui plaça ce soleil au sein du firmament,
Depuis, je crois toujours ma raison égarée.
Dans les airs s'épandait une douce gelée,
D'enivrantes senteurs, qui, dans l'été, dit-on,
S'en vient avec l'amie à la blanche Tithon.

Des songes de la nuit, pour déchirer le voile,
Lorsqu'une dame belle, et bien plus qu'une étoile,
De perles, de joyaux, se parant sans raison,
Et semblable d'aspect à la pure saison,
Quitta, pour s'en venir vers moi, plus d'une tête,
Portant des fleurs au front, des couronnes de fête;
Me tendit cette main qui fit battre mon cœur
Jadis, et le remplit d'éternelle douceur.
Je suis celle qui sut détourner la première
Tes pas du noir chemin public, quand, sans lumière,
Ton juvénile cœur de mon aspect s'éprit!
D'une façon pensive et sage, elle s'assit
Sur des bords qu'ombrageaient un laurier et un hêtre.
Ma déesse! oh! comment ne pas te reconnaître?
Répondis-je du ton d'un homme, hélas! pleurant;
Déesse que j'adore encor, dis-moi pourtant,
Je t'en prie à deux mains, es-tu vivante ou morte?
Elle dit : Dans ces lieux je suis vivante et forte;
C'est toi qui va souffrant dans le sein du trépas,
Toi, jusqu'à ce que l'heure arrive, dans ses bras
T'enlever au-dessus du monde et de la terre.
Le temps fuit : nos désirs ardents savent le faire
Paraître bien plus long; pour nous, oui, c'est certain.
Sois donc prudent, et mets à ton langage un frein,
Avant qu'arrive l'aube orageuse et voilée.

Mais lorsque vient la fin de cette autre soirée

Qu'on appelle la vie, oh! de grâce, dis-moi,
Toi qui le sais, mourir cause-t-il tant d'effroi?
Tant que tu vas suivant, dit-elle, le vulgaire,
Son jugement grossier, aveugle, téméraire,
Tu ne pourras jamais être vraiment heureux :
La mort, pour les cœurs grands, n'eut jamais rien d'affreux.
C'est pour la liberté, la prison qu'on échange;
Elle fait peur à ceux qui vivent pour la fange.
Maintenant, mon trépas, t'affligeant sans finir,
D'allégresse emplirait ton cœur, rien qu'à sentir
De mon bonheur divin la millième partie!
Elle fixait au ciel ses yeux, comme ravie;
Le silence, un instant, s'en vint avec amour
Sur ses lèvres de rose, et je dis à mon tour :
Sylla, Gaïus, Néron, Marius et Mézence!
Les flancs, les estomacs douloureux, et, je pense,
L'ardente fièvre aussi, font paraître la mort
Plus amère que fiel : de le croire ai-je tort?
Je ne veux pas nier que la douleur, dit-elle,
Qui précède la mort, ne soit parfois cruelle;
Mais la crainte, crois-le, de la damnation,
Cause plus de souffrance et plus d'affliction,
Et l'effroi de l'enfer encor bien davantage.
Pourvu que l'âme en Dieu recherche un appui sage,
Et le cœur fatigué de seul se soutenir,
La mort est-elle plus qu'un court et bref soupir?
Déjà je me voyais au passage où l'on monte;

Ma chair était sans force et mon âme encor prompte,
Quand j'entendis ces mots, prononcés bas et sourds :
O malheureux celui qui va comptant les jours !
Qui vit sans être utile en l'attente suprème ;
Qui jamais ne se met en face de lui-mème ;
Qui parcourt ici-bas et la terre et la mer,
Ne pensant, n'écrivant, n'ayant qu'un objet cher.
Vers le côté du son se tourna ma prunelle,
Sans éclat, languissante : alors j'aperçus celle
Qui nous a tous les deux éteint, en m'emportant,
Loin du monde, vers Laure, ange que j'aimais tant !
Et je la reconnus aux traits, à la parole,
A sa beauté si pure, à sa blanche auréole,
A son air noble et grand, à sa douce candeur ;
Car elle vint me voir et consoler mon cœur ;
Maintenant sérieuse, et jadis vive, alerte,
Lorsque je possédais ma saison la plus verte ;
A cette époque enfin, belle dans ses tourments,
Laquelle fit penser et parler bien des gens !
Oui, de plaisir, la vie envers moi fut avare,
A cette mort clémente, oh ! si je la compare,
Qu'ignorent les humains ; car, depuis mon trépas,
J'ai senti le bonheur que semblait fuir mes pas ;
Pour toi, j'eus, me dit-elle, une pitié céleste !
Au nom de cette foi pour vous tant manifeste,
Et qui l'est bien encor davantage aujourd'hui,
Sur le visage aimé de qui voit tout en lui,

9

Où reflète un rayon de la clarté divine,
Dans le sein des splendeurs que la joie illumine,
Répondis-je ; de grâce, ô Madame! à mon tour,
Que je sache du moins si quelquefois l'amour
Ne vous fit point songer, en voyant mon délire,
D'avoir compassion d'un aussi long martyre,
De fuir votre entreprise, y renoncer enfin ;
Car vos douces fureurs et votre doux dédain,
Les trèves de vos yeux sous la suprème voûte,
Ont laissé bien longtemps mon esprit dans le doute.
A peine eus-je parlé, que je vis, sans pareil,
Ce sourire qui fut autrefois mon soleil ;
Et puis, en soupirant : Ami, crois-le, dit-elle,
Mon cœur brûla pour toi d'une flamme éternelle,
Ne fut point séparé, jamais du tien distrait.
C'est pour te modérer que j'avais cet aspect
Pour toi, car il n'était, et pour ta bien-aimée,
Que cette voie offerte à notre renommée.
Une mère n'a pas moins de compassion,
Quoiqu'elle use à propos de la correction.
Combien de fois j'ai dit : Tel n'aime pas, il brûle ;
Il faut que j'y pourvoie ; et celui qui recule,
Qu'agite le désir, n'est propre à pareil soin.
Ce que je t'ai de moi laissé voir sans témoin,
Ce que j'en ai caché dans mon âme assez forte,
Me tint comme le mors du cheval qui s'emporte.
Oui, plus de mille fois la colère parlait

Dans mes yeux, que mon cœur d'amour au fond brûlait.

Mais plus que le désir, la raison me fut chère ;

Quand je t'avais vaincu par la douleur amère,

Je ramenais vers toi mes yeux, alors remplis

De suaves regards, et dans leurs doux replis,

Je sauvais notre honneur et ta gloire éclatante.

Lorsque la passion se trouva trop puissante,

Mon front, avec ma voix, exprimèrent en chœur,

Tantôt l'affliction, et tantôt la frayeur.

Tels furent mes moyens et tous mes artifices :

Tantôt un tendre accueil et tantôt des malices.

Tu le sais, car tes chants sublimes l'ont appris

A nombre de mortels, ainsi que de pays.

Quand je voyais parfois tes yeux remplis de larmes,

Je me disais tout bas : Oh ! celui-là, sans armes,

Appartient à la mort, à ses pensers éteints ;

Hélas ! j'en reconnais les indices certains.

Alors j'y pourvoyais par un secours honnête,

Et venais à ton aide en ma joie inquiète.

J'ai dit, en te voyant d'autrefois langoureux :

Il faut un mors ici qui soit plus rigoureux.

C'est ainsi que brûlant, tour-à-tour monotone,

Enfin je t'amenai sauf jusqu'à ma personne,

Quels que soient tes efforts, ta fatigue et ton bruit !

Madame, ce sera pour moi le plus doux fruit

De ma foi, si je puis croire à votre langage,

Lui dis-je tout tremblant et le froid au visage.
Pourquoi donc le dirai-je, homme de peu de foi,
Si ce n'était certain, et bien sûr, réponds-moi?
Et je crus lui voir prendre alors son air aimable.
Si tu fus dans le monde à mes yeux agréable,
Je me tais, avouant pourtant avec bonheur
Avoir aimé ce nœud qui t'entourait le cœur.
Le beau nom que m'a fait ta divine parole,
A l'entendre exprimer j'en étais vraiment folle.
Cela seul m'a fait faute, et comme tu voulais
Me faire voir alors tout ce que je voyais,
Tu découvris mon cœur à chacun à la ronde,
Et ce qu'il enfermait de sentiments au monde.
De là vint mon air froid, et qui t'accable encor;
Car il s'harmonisait, de même qu'un décor,
Dans tout son alentour, avec les mêmes choses,
Avec tous ses effets, avec les mêmes causes,
De manière qu'amour n'était point égaré,
Et par l'honnêteté se trouvait tempéré :
Les flammes de l'amour en nous furent égales.
Depuis que j'aperçus tes feux par intervalles,
L'un de nous ne sut point les cacher sans souci :
Ta voix s'était perdue à tant crier merci.
Alors je me taisais : la crainte en était cause,
Et la pudeur montrait les désirs, peu de chose;
La douleur n'est pas moindre allant la réprimant,
Plus grande alors qu'on va parfois se lamentant.

La fiction n'augmente en rien, ne diminue
La pure vérité qu'on représente nue :
Tout voile ne fut-il pas déchiré pourtant,
Lorsque je t'écoutais, auprès de toi chantant ;
Notre amour n'ose point en dire davantage.

Mon cœur était alors près du tien, doux et sage ;
Soudain je ramenais mes longs regards sur moi :
Tu dis que c'est injuste, et tu t'en plains : pourquoi ?
N'eus-tu pas le meilleur ? Dis-moi, pourquoi te plaindre ?
Je ne te sortis rien, crois-le bien, que le moindre ;
Ils eussent dirigé toujours vers toi leurs feux,
Si je n'eusse pas craint les effets de tes yeux.

Ecoute bien : je veux te dire plus encore,
Pour t'arracher des bras du doute, qui dévore :
Oui, je veux te donner une conclusion,
Et qui compensera la séparation.

Assez heureux enfin dans les choses qu'on aime,
Une seule, bien fort, me déplut à moi-même :
C'est, vois-tu, d'être née en un lieu trop obscur :
J'ai regret de n'avoir pas, sous le même azur,
Auprès de ton berceau béni, vu la lumière.

Mais c'est un beau pays où Laure sut te plaire ;
Si tu ne m'avais vue, alors ton doux regard,
Sans doute, se serait tourné quelque autre part,
Et je n'aurais pas eu le beau nom que l'on loue !
Ci, dis-je, parce que du Ciel la tierce roue,
Constante, m'élevait à cet amour si grand,

9*

Partout, en quelque lieux que je sois, vers ton rang.
Quoiqu'il en soit, enfin, c'est moi, répondit-elle,
Que l'honneur suit encor et que la gloire appelle;
Mais le plaisir entraîne et t'empêche de voir,
Du temps la fuite prompte et le voile du soir.
Vois, sortant de son lit doré, la blanche aurore
Ramener aux mortels l'astre du jour encore,
Qui montre sa poitrine au sein de l'océan,
Et de mille couleurs le baigne en son élan.
Il faut nous séparer, ce dont bien je m'afflige :
N'as-tu rien à me dire, et que ta voix néglige?
Mais tâches d'être bref, mesure ton parler
Sur le temps qui te reste, et prêt à s'envoler.
Tout ce que j'ai souffert, vos accents et leurs charmes
Me l'ont rendu facile à supporter, sans larmes;
Vivre pourtant sans vous m'est pénible et cruel :
Dites, dois-je tarder à vous trouver au Ciel?
Je voudrais le savoir, dois-je bientôt vous suivre?
Au désespoir enfin faut-il que je me livre?
Lors, prête à s'en aller, elle me dit : Attends!
Tu resteras sans moi sur terre encor longtemps!

Réponse d'un de mes amis à qui j'avais donné quelques-
unes de mes romances.

A MON AMI F. CHIMÈNES.

SONNET.

———

Ami, trois fois merci pour tes belles romances;
C'est un charmant bouquet de poétiques fleurs.
Un parfum printanier s'exhale de tes stances;
Par l'oreille et les yeux, elles charment les cœurs.

Des tendres sentiments cherchant les jouissances,
Jadis, j'ai, comme toi, courtisé les neuf sœurs;
Mais le temps a détruit mes plus fraîches croyances,
Et pour mes jours heureux je n'ai plus que des pleurs!

Ah! conserves longtemps la divine auréole
Que Dieu te mit au front, poète; elle console
Des ennuis du présent, des maux qu'on a soufferts.

Chante, poète, avant que ton printemps s'envole;
Et nous, tous tes amis, nous serons l'alvéole
Où viendra se fixer le doux miel de tes vers.

LOUIS LECONTE.

Bordeaux, 22 mai 1852.

TABLE.

Traduction de Poésies irlandaises.

Traduction de Poésies allemandes.

ERRATA.

Page 25, ligne 2, au lieu de : *Chacun voulait*, lisez : *Chacun vantait*.

Page 129, ligne 4, au lieu de : *Douce plaine d'amour*, lisez : *Douce, pleine d'amour*.

Page 137, lignes 1 et 2, lisez :

N'ai-je pas entendu le verrou résonner,
La porte sur ses gonds s'entr'ouvrir et tourner ?

Page 143, ligne 13, au lieu de : *Frappés avec fureur*, lisez : *Frappée avec fureur*.